KB002234

슬플__땐

양자 도약

슬플 땐 양자 도약

펴낸 날 초판 1쇄 발행 2023년 5월 18일

지은이 리제 빌라드센
옮긴이 정철우
펴낸이 정용희 · 김숙진
책임편집 김숙진
디자인 손현주
펴낸곳 삐삐북스
출판등록 2020년 7월 16일 제2021-000293호

주소 서울시 마포구 모래내로1길 17, 911호
전화 편집부 070-7590-1961 마케팅 070-7590-1917
팩스 031-624-1915
전자우편 p_whale@naver.com

ISBN 979-11-971451-3-1 43850

슬플 __ 땐 양자 도약

리제 빌라드센 장편소설
정철우 옮김

삐삐
북스

일러두기

본문의 각주는 모두 옮긴이의 것입니다.

언니는 내 무릎을 베고 누워 있었다. 머리에서는 금방 감은 냄새가 났지만, 심하게 엉켜 있었다. 언니 머리 중간에 있는 까치집을 보니 매일 아침 뜯어내듯 빗는 내 머리의 까치집이 떠올랐다.

침대 위에 놓인 노트북에선 드문드문 말소리가 났고 화면은 빛으로 깜박거렸다. 나는 눈을 들어 반쯤 열린 창문 쪽을 바라보았다. 여름이 다가오는 소리가 들려 왔다. 찌르레기 지저귀는 소리, 멀리서 마당의 잔디를 깎는 낮은 기계 소리.

"계속해." 세실 언니가 말했다.

"멈춘 거 아니야."

"다른 생각하는 거 다 알아."

"아니라니까." 나는 손가락을 다시 움직였다. 언니의 관자

볼이 부분 부드러운 곳에서 귀 뒤쪽을 지나 목으로 내려가면서 마사지했다.

언니가 한숨을 쉬고 고개를 돌려 나를 봤다. "정말이지 너는 잠 오게 하는 데는 세계 최고야."

언니가 잠들자, 영화를 끄고 내 무릎에 놓인 언니 머리를 조심조심 베개로 옮겼다. 언니 숨소리는 벌써 깊었다. 깨어 있을 때는 볼 수 없는 차분함이 느껴졌다.

요나스가 내일 방과 후에 항구에 가서 아이스크림을 먹으며 인터레일Interrail◆ 여행 계획을 짜자는 문자를 보냈다. 나는 알았다고 답했다. 그리고 뭐 하냐고 물었다.

'거지 같은 미니 골프장에 끌려왔어.' 요나스가 답했다. '망할 올리버 형 때문에!'

요나스는 형이 찍어 준 자신의 사진을 보냈는데, 양어깨에 골프채를 대고 두 팔을 골프채에 걸친 모습이었다. 머리에 쓴 노란 벙거지와 햇볕에 그을린 얼굴에 가득한 함박웃음만 아니었다면 남성미가 넘칠 뻔한 사진이었다.

'뭐 해?' 요나스가 물었다.

'영화. 시간 때우기.'

◆ 유럽 33개국을 여행할 수 있는 기차표

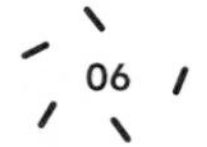

'햇빛 좀 쐐, 집순아.'

'너처럼 타라고? 하하하!'

'선크림 바르면 뭐가 나.' 요나스가 답했다.

"영화 다 봤니?" 부엌으로 들어가는데 엄마가 물었다. 엄마는 싱크대에서 감자를 깎고 있었다. 감자에 시선을 고정하고 빠르고 능란하게 손을 움직였다.

나는 식탁을 차리기 시작했다. "아니, 언니가 잠들었어."

"잘됐네. 식사 전에 삼십 분이라도 잘 수 있겠다."

나는 식탁에 접시 네 개를 놓았다. 물잔 네 개. 열린 거실 문을 지날 때마다 아빠가 보였다. 아빠는 다리를 꼬고 소파에 앉아 다리 위에 놓인 컴퓨터를 보았다. 아빠는 용케도 한쪽 무릎으로 컴퓨터를 지탱했다. 텔레비전이 켜져 있었다.

"엄마, 생각해 봤는데. 다음 주말엔 뭔가 재미있는 일을 해 보는 게 어떨까? 우리 식구 넷이서. 시험 기간 바로 전이잖아."

"그러자, 좋은 생각이야." 엄마가 말했다.

"크로켓을 해도 되고." 나는 서랍에서 포크와 나이프를 꺼냈다. "바비큐도 하자."

"그거 좋겠다." 그렇게 말하고 엄마는 감자 깎는 일을 멈추었다. 잠시 말없이 있다가 덧붙였다. "그런데 세실이 좋아할까? 그냥 공만 굴린다면 괜찮겠지?"

"응, 내 생각도 그래."

"그래. 그럼, 그렇게 하자. 네가 시간 될 때 크로켓 용품 찾아서 토요일에 차려 놔."

"물론이지, 내가 할게."

엄마가 이마에 내려온 머리카락을 후 불고 미소를 지었다.

"이리와."

내가 가까이 가자 젖은 손을 내 어깨에 올렸다. 흙내와 생감자 냄새가 났다.

"고맙다."

언니의 동작이 유달리 느렸다. 빙글빙글 자전거 페달을 밟는 다리는 꾸준히 움직이는데 평평한 숲길을 달리든 쇼핑센터를 지나 언덕을 오르든 속도는 변함없이 느렸다. 나는 언니의 속도에 맞춰 달렸다. 차들이 지나갈 때면 언니 뒤에서 달렸다. 언니의 등이 구부정했다. 요즘 너무 잠을 설쳤기 때문일 것이다. 잠을 설치고 나면 언니의 척추가 꼭 그랬다.

"집에 같이 갈 수 있어? 있다가?" 붉은 벽돌로 된 커다란 건물 앞 거치대에 자전거를 세우며 언니가 물었다.

"난 세 시에 끝나."

"나도." 언니가 다행이라는 표정을 지었다.

요즘 언니에게는 내가 더 필요했다. 가끔 나는 나 자신보다 언니의 상태를 더 잘 느꼈다. 마치 언니의 몸이 나를 빨아들이는 자석인 것처럼.

그때 약속이 생각났다.

"미안해, 언니. 깜빡 잊었어. 오늘 요나스랑 항구에 가기로 했어."

"얼마나 걸리는데?"

"두 시간 정도. 길어야 세 시간."

복도에서 헤어질 때 우리는 포옹을 했다. 언니 피부는 햇볕을 받아 따뜻했다.

"있다가 봐, 일리◆."

"있다 봐, 슈림프◆◆."

어렸을 때 나는 '언니'라고 말하려 했지만 늘 '일리아'처럼 들렸다. 부모님이 가르쳐 주는 대로 제대로 말하려고 애썼더니 어떤 이유에서건 끝의 '아' 소리는 사라졌다. 그러자 언니는 나를 슈림프라고 부르기 시작했다. 부모님은 졸지에 두 종류의 해산물 딸을 두게 되었다.

언니는 졸업반 학생들의 교실이 모여 있는 3학년 복도를 향해 걸음을 옮겼다. 자전거 탈 때처럼 느리게 움직였다. 몽유병 환자 같았다.

◆ 장어eel

◆◆ 새우shrimp

나는 언니가 안 보일 때까지 기다리다가 1학년 Z반 교실로 향했다.

요나스는 벌써 우리가 늘 앉던, 문에서 먼 뒤쪽 자리에 앉아 있었다.

"너, 주말 내내 교회에 처박혀 지낸 사람 같다, 야." 희멀건 내 팔을 보며 요나스가 말했다.

나는 그 말을 무시하고 책상 위에 물병과 노트북을 놓았다.

"너, 비타민 D가 부족하면 썩기 시작할걸. 방귀 뀌는 힘만 줘도 뼈가 부러질 거다."

"그렇게 내 비타민 D가 걱정이세요? 8월이면 일주일 동안 크레타섬에 갈 거거든." 내가 말했다.

"이보세요, 우리 여행은 왜 안 넣어?"

"그 시시하고 소소한 배낭여행 말이야?"

요나스가 나를 탁 쳤다.

베로니카가 우리 쪽으로 돌아보며 말했다. "점심시간에 트럭 장식 건으로 회의 있는 거 잊지 마."

"알았어, 어딘데?" 내가 물었다.

"그냥, 식당에서 할 거야. 꼭 참석해야 해." 베로니카는 안경이 흔들릴 정도로 활짝 웃으며 검지로 작고 동그란 자기 코를 두드렸다.

크리스마스 전, 베로니카가 우리 반으로 온 뒤로 요나스는 줄곧 그 애가 어떤 느낌이 있다고 말해 왔었다. “재는 나보다 더 이상한 애야”라고 말하곤 했다. “딱 보기만 해도 안다니까.” 그녀의 별명을 ‘베로니카랩터’라고 지어 준 것은 나였다. 공룡처럼 보여서가 아니라 그 애가 보라색 크록스를 신고 소리 내 복도를 걸어올 때면, 처음 걸린 사람을 발톱으로 콱 찍어 버릴 것 같은 공룡이 생각나기 때문이었다.

“알았어, 갈게.” 나는 억지로 웃어 보였다.

“요나스, 너도 와야 해!” 베로니카가 요나스를 가리키며 말하고 돌아앉았다.

“물론이지, 예쁜 언니.” 요나스가 베로니카 목덜미에 내려온 곱슬머리를 보며 내게 속삭였다.

나는 요나스의 등짝을 쳤다. “조금이라도 정상적으로 굴 수는 없어, 응?”

“힘들다고.”

내가 생각해도 내 친구 요나스에게는 정말 힘든 일이긴 했다. 9개월 전 학교 첫날 그를 처음 만났을 때 요나스는 알록달록한 하와이 반바지에 닳아빠진 노란 벙거지를 쓰고 학교 식당 한가운데 서 있었다. 모자는 그의 아빠가 쓰던 것이어서 일 년 내내 쓰고 다녔다. “이곳에 다양성이 부족한 것이 너도 진심으로 걱정되니?” 요나스가 내게 처음으로 한 말이었다.

하지만 나는 요나스가 입을 열기도 전에 그 애가 희귀종이란 걸 알았다.

점심시간에 우리는 아래층으로 내려가 '욕조'에 있는 (우리는 식당을 그렇게 불렀다.) Z 테이블에 앉았다. 1층에 '싱크Sink'도 있지만 그곳은 음식 부스러기를 우리에게 뿌리거나 빈 플라스틱병을 우리 머리에 떨어뜨리는 3학년들이 쓰는 곳이었다. 첫 주에는 3학년들이 레물라드 소스를 한바탕 짜서 요나스 목을 정통으로 맞췄다. 요나스는 뭉글한 소스가 등골을 따라 내려가는 그 느낌을 잊을 수 없다고 했다.

"모두 잘 들리니?" 베로니카는 탁자 위에서 책상다리를 하고 앉아 있었다.

베로니카를 안쓰럽게 보는 점이 하나 있다면 남들이 하기 싫어하는 일을 맡아 하면서 사람들이 자기를 좋아하게 하려고 용쓰는 것이었다. 돈을 모은다거나 과제반이 끝난 뒤 정리를 한다거나 하는 온갖 귀찮은 일 말이다. 지금은 3학년이 졸업식 후에 종일 타고 다닐 졸업생 트럭들을 1학년이 장식하는 일 때문에 수선을 떨고 있었다. 한 달도 더 남았는데, 벌써 난리였다.

"8시 반에 트럭 바로 옆에서 모일 거야." 베로니카가 크고 분명한 목소리로 말했다. "각자 늦어도 20일까지 나한테 15크로네◆씩 보내. 그럼 내가 풍선하고 장식 깃발을 준비할게. 누가 우리가 만날 때 너도밤나무 잎을 가져오고. 다른 사람은 아침을 준비해 와. 그리고 모두 잎사귀 모을 쓰레기봉투를 두 개씩 가져오면 아주 좋겠다."

"네가 그냥 봉투도 사고 아침도 사면 안 돼?" 이삭이 하품을 하며 의자에 앉아 뒤로 흔들거리며 말했다. "한 사람이 모두 책임지고 하면 백배는 쉬울 것 같지 않아?"

베로니카의 볼이 빨개졌다.

"쟤, 너네 엄마 같지 않냐?"

요나스의 물음에 이삭이 뭔가 못 알아들을 말을 중얼거렸다. 내 주머니에서 전화기가 울렸다. 나는 탁자 아래로 문자를 확인했다.

'나한테 와 줘.'

나는 요나스를 쿡 찌르고 속삭였다. "금방 올게." 그리고 욕조에서 나가 복도를 따라 여자 화장실로 갔다. 언니가 늘 나에게 문자를 보내는 곳이다. 나는 문을 닫았다. 화장실 세 칸 중에 하나만 빨간색으로 잠긴 상태였다.

나는 천천히 노크를 했다. "일리 언니? 나야."

언니가 대답했다. 나를 들어가게 한 뒤 문을 닫아 잠그고

◆ 덴마크와 노르웨이 화폐 단위

변기 뚜껑 위에 털썩 앉았다.

"여기 못 있겠어." 언니가 눈물 맺힌 동그란 눈으로 나를 올려다보았다.

내 배 속에는 결코 풀리지 않는 응어리가 있었다. 몇 년 전에 자리를 잡고는 아예 눌러앉은 덩어리였다. 지금 그 덩어리는 딱딱해졌다.

"집에 데려다줄까?" 나는 언니 앞에 쭈그리고 앉아 손을 잡았다. 내 손에 잡힌 그 손은 힘이 없었다. "수업 빠지고 나올 수 있어?"

세실 언니는 1학년 때도 결석 문제로 경고장을 받았고, 부모님과 함께 학교 회의에 불려 갔었다. 그때 이후로 선생님들은 언니의 과제 마감일에 대해서는 어느 정도 이해를 해 주었지만, 수업을 빠지는 것에는 그렇지 않았다. 엄마와 언니는 일기 예보를 확인하듯 결석 일에 대해 매일 얘기했다. 벌점을 받지 않고 얼마나 무단결석을 할 수 있는지, 정확하게 몇 번의 물리 시간, 덴마크어 시간, 체육 시간을 빼먹을 수 있는지 계산하고 또 계산했다. 일 년 내내 점수는 신경 쓰지 않아서 전 과목에서 기말시험을 봐야 할지도 몰랐다.

"숨, 숨이…… 쉬어지지 않아." 세실 언니가 와락 숨을 내쉬었다.

"엄마한테 전화할까?"

"잘…… 모르겠어."

"알았어. 그럼 어떻게……."

언니는 주먹을 입에 물었다. 언니가 언젠가 나에게 말해 줬던 것처럼, 지금 머릿속으로, '토하지 말자, 기절하지 말자, 소동 피우지 말자'라고 줄줄이 되뇌고 있는 것 같았다.

"숨 크게 들이마셔." 나는 언니 손을 입에서 떼면서 말했다. "엄마한테 전화할게."

언니는 두 번 가쁜 숨을 쉬더니, 제대로 숨쉬기 시작했다. 꼼짝 않고 변기 뚜껑에 앉아서 내가 전화를 거는 동안 허공만 응시했다.

"아스트리드야, 왜? 세실은 괜찮니?" 엄마는 촉이 정말 좋았다. 먼 곳의 나쁜 날씨도 잡아냈다.

"별로 좋지 않아."

"네가 진정시킬 수 있겠어?"

나는 곁눈으로 언니를 봤다. "그럴 것 같지 않아."

"하던 대로 아주 깊게 숨 들이쉬라고 해 봐. 다음 시간 시작하기 전에 잠깐이라도 산책할 수 있어?"

세실 언니가 다시 흐느끼기 시작했다.

"엄마, 엄마가 와서 데려가야 할 것 같아."

엄마가 물건을 챙기는 소리, 커피 잔과 종이를 주섬주섬 치우면서 동시에 문 쪽으로 움직이는 소리가 들렸다.

"알았어, 엄마가 갈게. 주차장에서 기다리고 있어."

나는 전화를 끊고 세실 언니 앞에 다시 쪼그려 앉았다. 언니 손을 잡고 힘을 꽉 줬다. "엄마가 온대. 언니 물건은 아직도 교실에 있는 거야?"

언니가 끄덕이며, 볼에 흐른 눈물을 닦았다.

"그럼 내가 가서 가져올게. 금방 올 거야. 그리고 같이 나가서 엄마를 기다리자."

3학년 Z반 교실은 비어 있었다. 모두 '싱크'에 있고 대부분은 자기 가방을 챙겨서 갔다. 세실 언니의 배낭과 낡은 청재킷은 축 처져 벽 쪽에 놓여 있었다. 언니는 자리도 잡지 못한 것 같았다.

나는 물건을 챙기며 대체 언니가 얼마나 오랫동안 화장실에 앉아 있었는지 생각했다. 아침 8시에 겨우 소지품만 던져 놓고 더는 참을 수 없게 된 걸까? 어떤 때는 호흡만 잘해도 참을 수 있다고 언니가 말했었다. 하지만 지금은 12시가 넘었다.

문으로 나가려다가 언니 반 친구 두 명과 부딪힐 뻔했다. 한 명은 필립, 눈썹에 고리를 낀 빨간 머리 남학생인데 내가 세실 언니 동생이라는 걸 전혀 모르는 게 분명했다.

다른 한 명은 내가 아는 사람이었다.

크리스토퍼 볼드센.

요나스는 크리스토퍼가 그린란드의 누크로 이사 가기 전에 우리 이웃집에 살았고 7년 전 그 이상한 시절에 나와 세실 언니랑 셋이 함께 놀았다는 얘기를 들은 뒤로 그를 '너의 전 이웃'이라고 불렀다. 나는 늘 그린란드 출신 아빠에게서 물려받은 검은 머리와 엄마에게서 받은 짙은 파란 눈을 가진 크리스토퍼의 외모가 매력적이라고 생각했다. 크리스토퍼 자신도 그걸 잘 아는 것 같아 짜증났다.

"어어!" 크리스토퍼가 옆으로 비켜서서 부딪히지 않게 피하며 말했다. 그러고는 조금 놀란 듯이 "아스트리드?"라고 내 이름을 불렀다.

나는 아직도 그의 목소리가 깊어지고 달라진 것이 낯설었다. 부모님의 이혼 뒤 그가 엄마와 함께 덴마크로 돌아온 지도 일 년이 지났으며, 복도에서 마주칠 때마다 나에게 '안녕'이라고 인사를 했는데 말이다. 그는 꼭 내게 인사를 빚진 사람 같았다.

나도 '안녕'이라고 답했다.

나는 바보가 아니었다. 크리스토퍼가 가슴 달린 사람을 아는 척하니까 필립이 그를 쿡 찌르는 것이 보였다.

"교실에서 뭐 하고 있었어?" 크리스토퍼가 내 손에 들린 가방과 재킷을 봤다. 그가 미소를 지었다. "도둑질?"

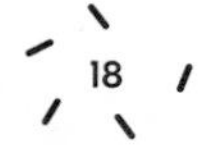

"네가 무슨 상관이야?"

"헐……." 내가 그들을 지나 문을 빠져나가기 전에 필립이 피어싱한 눈썹을 치켜올리며 말했다. "너한테 저런 식으로 말하게 두는 거야? 실화냐?"

나는 잰걸음으로 화장실로 돌아가 세실 언니를 찾았다. 언니 팔을 잡고 부축하며 학교 식당을 지나 햇빛을 가르며 주차장으로 갔다.

"갈매기들은 사이코패스야." 주차장에 서서 기다릴 때 내가 하늘을 보며 말했다. 그 하얗고 잿빛인 새들이 죽은 물고기를 발견하기라도 한 것처럼 차들 위를 빙빙 돌고 있었다. "갈매기 눈 쳐다본 적 있어? 완전 죽은 눈 같아. 세상에서 제일 믿음이 안 가는 새야."

나는 언니를 흘끗 봤다. 얼굴이 백지장 같았다.

"말하지 말까? 그냥 앉을까?"

"그냥 서 있자. 조용하게."

"그럼 그냥 여기에 서 있자." 나는 그렇게 말하고 언니 손을 잡았다.

내가 '욕조'로 돌아갔을 때 회의는 이미 끝이 났다. 요나스가 샌드위치를 씹으며 베로니카와 얘기 중이라 나는 요나스의 어깨를 쿡 찌르고 할 말이 있다고 했다.

우리는 몇 미터 정도 떨어진 커피 자판기로 갔다.

"오늘 놀기로 한 거 취소해야겠어."

"뭐? 오늘 여행 계획 짜기로 했잖아!"

"미안해. 나도 알지." 나는 밀크 커피를 뽑고 요나스에게도 한 잔 권했다. 하지만 요나스는 샌드위치 먹으러 빨리 가야 한다고 했다. 게다가 짜증이 났고 화도 난 것처럼 보였다.

"세실 언니 상태가 정말 안 좋아. 엄마한테 전화했고 방금 언니를 데리고 가셨어."

"누나가 뭐가 문젠데?" 요나스는 잘 알면서도 물었다.

"늘 같은 그 일이야." 나는 자세히 얘기하고 싶지 않았다.

"다 나은 거 아니야?"

"불안 장애는 뚝딱 '낫는' 게 아니야. 솔직히 그래."

"그래도 좋아지긴 했었잖아?"

요나스 말이 맞았다. 내가 요나스를 만난 지난여름은 언니 상태가 양호했다. 반면에 겨울에는 안 좋았다. 우선 11월 말에 언니 성적이 나왔는데, 네 과목에서 성적이 떨어져 완전히 좌절한 상태였다. 거기에다 수행 과제가 있었다. 엄마가 매일 저녁 함께 컴퓨터에 있어 줘서 언니는 겨우 과제를 제출할 수 있었다. 언니는 학교에서 돌아오면 몸의 스위치를 꺼 버려서 텅빈 화면처럼 되었다. 아무것도 하지 않고 방에 누워 겨울잠에 빠지듯 계속 잠만 자다가 비스킷 샌드위치를 달라고 했다. 봄이 왔을 때는 모든 게 조금 좋아졌다. 그리고 지금 이 상태였다.

"그래, 좋아졌었어. 하지만 이젠 아니야."

요나스가 손톱을 뜯기 시작했다. "오늘은 너희 엄마랑 있으면 안 돼?"

"셋이 있어야 좀 더 평상시 같을 거야."

"그게 무슨 말이야?" 요나스가 벙거지의 노란색과는 어울리지 않는 그 짜증 난 표정을 다시 지었다.

나는 말하기 전에 급하게 커피를 한 입 마시다 혀를 데었다. "우리 엄마가 일하다 말고 집에 와서 언니랑 둘이서만 앉아 있으면, 그게 그러니까……. 누가 아픈 것 같잖아. 자연스럽지 않지. 내가 같이 있어야 좀 더 평상시 같고 아무렇지 않다는 거야."

요나스는 이해를 못 하는 것 같았다. 이해하고 싶지 않은 것이었다.

"목요일에 가는 건 어때?"

"목요일에 불안증이 또 도지면 어떻게 해?"

"야, 억지 부리지 마."

"알았어. 그럼 목요일." 요나스 눈이 '욕조' 쪽으로 갔다. 베로니카를 찾고 있는 것이 분명했다.

"시험 때문에 그래. 곧 시작이잖아." 나는 정말 요나스가 이해해 주길 바라며 말했다. "그리고 언니가 진짜 잠도 잘 못 자거든."

"시험 때문에 불안한 거라면 도움을 받을 수 있잖아. 의사가 베타 차단제◆를 줄 수는 없대?"

"아무 때나 베타 차단제를 주지는 않아. 그런다고 해결되는 것도 없고."

"그럼, 누나한테 맞는 약을 먹으면 안 돼?"

◆ 심장 박동 속도를 줄여 주는 약

"그렇게 간단한 일이 아니야."

"그래 알겠고, 나는 항구에 가서 아이스크림 먹고, 내가 좋아하는 치료사와 정신 상담을 하지 않으면 곧 기절해서 경련을 일으킬 것 같아."

가을 내내 요나스는 심각한 위기에 빠져 있었다. I.B.◆ 출신인 스테파니와 '반은' 사랑에 빠졌는데, 그 애가 학교 무도회에서 정신 못 차릴 정도로 술에 취해 비틀비틀 돌아다니며 요나스가 남자를 좋아하는 게 분명하다고 떠벌리고 다녔다. 1월과 2월에는 상황이 괜찮았다. 스테파니가 그를 안아 주며 친구로 지내자고 해서 요나스가 한참 들떴었기 때문이다. 그런데 우리 반이었던 이삭과 지난 11월부터 비밀리에 사귄다는 것을 알게 되었다.

"네 문제는 다 정리된 게 아니었어?" 내가 물었다. "여름방학 끝날 때까지는 네 자신한테만 집중하기로 한 것 같은데?"

요나스가 나를 보며 얼굴을 찡그렸다. "다른 치료사 찾아볼까?"

"협박하는 건 좋지 않아."

"말이 그렇다는 거지."

◆ 국제 바칼로레아 프로그램

집에 와 보니 세실 언니는 더 안 좋았다.

좋아지기는커녕 더 나빠졌다.

언니는 이불을 꽁꽁 싸매고 침대에 누워서 눈을 감고 있었다. 오래되고 낡은 봉제 코끼리 인형을 턱에 대고 꽉 껴안고 있었다. 숨소리는 거칠고 가끔 온몸에 심한 경련을 일으켰다. 나는 한동안 언니를 물끄러미 바라봤다. 침대 위에 걸린 포스터를 보았다. 여러 해 전 내가 생일 선물로 준 것인데 실은 엄마가 사 준 것이었다. 지금은 네 귀퉁이가 나달나달했다. 곰돌이 푸와 피글렛이 손을 잡고 있고 그 위에 재미있고 비스듬한 글씨체로 이렇게 쓰여 있었다.

너는 네 생각보다 용감해.

보기보다 강해.

네가 아는 것보다 지혜로워.

나는 엄마가 있는 부엌으로 갔다.

"그냥 자게 두자. 늘 지쳐 있으니까."

"허리도 아프대."

"그래 알아." 엄마는 돋보기를 벗고 눈을 비볐다. 탁자에는 노트북과 서류 뭉치들이 사방에 펼쳐 있고, 비타민 병과 아침에 먹다 남은 끈적한 요거트 그릇도 놓여 있었다. 엄마는 종종 세실 언니 때문에 일거리를 집으로 가져왔다. 내가 기억하는 한은 쭉 그랬다.

"다음 주에 세실을 부룬스 선생님께 데려갈 거야." 엄마가 말했다. "새로운 심리 상담 선생님."

"커스틴 선생님은 안 계셔?"

"계시긴 한데, 지난겨울에 한계에 달했잖아."

'한계'란 언니가 혼자서 기차를 타고 가겠다고 부모님을 설득했고, 두 번째 상담 시간 후에 커스틴 선생님이 엄마에게 전화를 해서 무슨 착오가 있었던 건지, 아무도 오지 않은 걸 보니 이번 기간에는 상담료를 내지 않으려는 거냐고 물었던 일을 말했다.

"대신에 나나라는 사람하고 얘기를 했는데, 젊은 여자야. 더 좋을 것 같아." 엄마는 다시 서류를 보다가 금방 다시 고개를 들었다. "세실이 늦지 않게 출발하도록 네가 좀 도와줄래?"

"그럼, 당연하지."

"월요일 4시까지 가야 해." 엄마는 손으로 머리를 쓸어 넘겼다. "그리고 지금은 스트레스로 죽기 전에 몇 가지 일을 해야만 해."

나는 책을 가지고 거실에 앉았다. 요나스가 나 대신 베로니카에게 항구로 가자고 했는지 궁금해하지 않으려고 노력하며 책을 조금 읽었다. 나는 새가 되어 내려다보듯 보라색 크록스와 노란 벙거지가 아이스크림 가판대와 돛단배들 사이를 움직이는 모습을 그려 보았다.

한 시간 반이 지나자 세실 언니가 불렀다.

나는 언니 방으로 갔다. 엄마가 침대맡에 먼저 도착해 있었다. 엄마는 언니의 머리를 쓰다듬으며 앉았다.

"아가, 좀 괜찮니?"

"조금 나아."

언니는 발에 차인 고슴도치처럼 이불 속에 웅크리고 있었다. 나는 언니에게 뭐 하고 싶은 일 없냐고 물었다. 우리는 어제 보다 만 영화를 이어서 봤다. 적어도 열 번은 본 영화였다. 나는 언니 머리를 긁어 주었다. 언니는 고작 20분 깨어 있다가 다시 잠이 들었다. 그리고 저녁식사 시간에도 식탁에 와 앉으려 하지 않았다. 엄마는 언니가 먹고 싶을 경우를 생각해 밥과 미트볼 카레가 담긴 접시를 언니 책상에 놓아두었다.

저녁을 먹는 동안 엄마의 포크와 칼은 대부분 접시 언저리만 헤매고 있었다. 엄마는 물을 마시지도 않으면서 잔을 만지작만지작 이리저리 돌리며 식탁 건너편에서 음식을 욱여 넣는 아빠를 힐끗 쳐다보았다.

"오늘 학교에서 세실을 데려왔어." 마침내 엄마가 입을 열었다. 부엌문이 닫혀 있는데도 엄마는 작게 말했다. "애가 완전히 제정신이 아니었어. 집에 와서도 울면서 덜덜 떨고 말이야."

"무슨 일 있었어?" 아빠는 마치 그 질문에 논리적인 답이 있는 양 물었다.

엄마는 나를 쳐다보았다.

"언니가 나한테 문자를 보냈어. 화장실에서." 나는 음식을 입에 물고 덧붙였다.

"애가 요즘 잠을 통 못 자." 엄마가 이어서 말했다. "요즘 또 허리가 아프다고 하고 잠에서 깨면 숨을 쉴 수가 없대. 병원에 데려가야 할 것 같아. 폐 진료받고 의사에게 세실을 안심시켜 주라고 해야지."

"폐는 멀쩡하잖아." 아빠가 말했다.

"애가 아프다고 하면 심각하게 받아들여야 해."

"몸에는 아무 문제가 없다고 말해 주는 게 우리가 할 일이야. 그런 일로 의사의 시간을 잡아먹을 수는 없어."

"시험 때문에 스트레스받아서 그래." 엄마는 아빠의 말을 못 들은 것처럼 말했다. "힘들 거야. 어떻게 해야 세실이 이겨 낼지 모르겠어……."

아빠는 미트볼을 입에 넣고 빠르게 씹었다. "새로운 심리 상담사가 있다고 하지 않았어?"

"응, 월요일에 첫 상담이 있어."

아빠는 그것이 세실 언니를 어떻게 할지에 관한 질문에 충분한 대답이 된다는 듯이 몇 번 고개를 끄덕였다. 그러고는 "그런데 왜 지금 세실을 침대에 누워 있게 하는 거지?"라고 물었다.

"애가 피곤하대."

"이러는 건 애한테 도움이 안 돼."

"무슨 말이야?"

"몇 가지 기본 원칙을 정하는 건 중요한 거야. 저녁은 여기서 먹어. 다 같이. 가족 구성원으로서 말이야. 고집쟁이 세 살짜리 대하듯 하는 건 좋지 않다고."

"알았어. 그럼 당신이 들어가서 나오게 해 봐." 엄마가 물잔을 입에 대고 빠르게 꿀꺽꿀꺽 마셨다. "그래, 당신이 하는 게 좋겠어."

아빠는 벽을 쌓는 듯한 눈길로 엄마를 오랫동안 쳐다보았다. 그러고는 다시 먹기 시작했다.

암에 걸린 아이들에 관한 다큐멘터리를 본 적이 있다. 그 애들의 부모는 엄청난 위기를 겪었고, 한시도 아이들 곁을 떠나지 않았다. 자기 아이를 안아 주고 뽀뽀를 하며 모든 것이 잘 될 거라고 안심시켰다. 나쁜 소식을 들었을 때 가족 모두가 부둥켜안고 울었다. 정말로 끔찍한 일이었지만, 왠지 그들은 우리가 갖지 못한 것을 가졌다는 생각을 떨칠 수가 없었다.

세실 언니와 같은 아이를 가진 부모의 마음을 나는 모른다. 때로는 창피할지도 모르겠다. 이해하지 못할 수도 있다. 어쩌면 언니가 코에 튜브를 끼고 병원 침대에 누워 있는 편이 부모님에게는 더 편할지도 모르겠다.

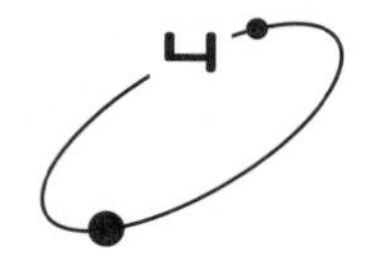

"엉덩이 좀 움직여. 그래야 다 같이 앉을 수 있지!" 베로니카가 요나스를 팔꿈치로 밀어 긴 의자 안쪽으로 움직이게 했다. 별안간 나는 나의 단짝이 아닌 베로니카랩터 맞은편에 앉게 되었다. 그녀가 분홍색 도시락을 열자 샌드위치 두 조각이 담겨 있었다. 씨가 박힌 호밀빵 안에 든 치즈에서는 어느 정도 거리에서도 맡을 수 있는 땀에 절은 체육관 매트 냄새가 났다.

"네 생각엔 어떤 과목을 시험칠 것 같아?" 그녀가 샌드위치를 크게 한 입 베어 물며 물었다.

완전 바보 같은 질문이었다. 월요일까지는 발표도 안 날 텐데 무슨 시험을 치르게 될지 우리 생각이 뭔 상관인 건지.

"난 사회과목 느낌이 싸해." 요나스가 말했다.

"나도야!"

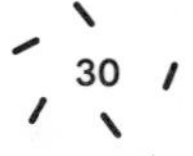

'어련하시겠어.'

"아스트리드, 넌 어때?" 그녀가 입에 가득 문 것을 삼키고 물었다. "무슨 과목이 제일 걱정이야?"

"난 상관없어."

"상관없다고?" 베로니카가 물었다.

"아스트리드는 늘 담담해." 요나스가 말했다. "그런데 생물을 못 해."

내가 뭐라고 말하려는데 갑자기 둘 다 눈이 휘둥그레져서 내 머리 위 뭔가를 쳐다봤다. 나는 고개를 돌려 올려다보았다.

크리스토퍼였다. 말도 안 되게 가까이 서 있었다.

"세실에게 무슨 일이 있는 거야?" 크리스토퍼가 탁자 밑 내 다리 사이에 언니를 숨기기라도 한 것처럼 내려다 보며 물었다.

이제는 베로니카와 요나스뿐만이 아니라 1학년 Z반 전체가 나를 쳐다보고 있었다.

"언니가 좀 안 좋아."

크리스토퍼가 덴마크로 돌아와 언니 반에 합류한 뒤로 얼마나 눈치를 챘는지는 모르겠다. 언니가 무엇과 싸우고 있는지 아는 건지, 아니면 언니가 단순히 땡땡이를 치거나 감기에 걸렸거나 몸이 약해서 결석한 것으로 생각하는 건지.

"문자를 보냈는데 답이 없어서."

"내가 언니한테 말할게."

웃을지 말지 고민하는 것처럼 그의 입꼬리가 살짝 올라갔다 내려갔다 하며 씰룩거렸다.

"내가 문자를 보냈다는 얘기는 안 해도 돼. 이미 알고 있을 거야."

요나스인지 베로니카인지가 킥킥 웃음을 참고 있었다.

"중요한 일은 아니야." 크리스토퍼가 계속 말했다. "아니, 실은 중요해."

어떻게 저렇게 빨리 마음을 바꿀 수 있는지 모르겠다.

"세실이 금요일 전에 물총을 빌려줄 수 있다고 했거든."

만약 열다섯 살이라면 학교 마지막 날은 의미가 있을 것이다. 그날은 까부는 열두 살짜리 아이들을 면도 거품으로 흠뻑 적셔도 괜찮다. 하지만 성인이나 다름없는 애들이 오줌과 물과 기름을 섞었을지도 모르는 정체 모를 액체를 우리에게 뿌려 댈 계획을 짜는 건 문제가 있다.

"필요하다면 내가 내일 가져올게." 내가 말했다.

"아니야. 그렇게 큰 형광 녹색 무기를 종일 가지고 다니긴 싫어. 그냥 내가 오늘 저녁에 가지러 가도 될까?" 크리스토퍼가 얼굴을 찡그리며 말했다.

내 머릿속에는 이미 한 편의 영화가 상영되고 있었다. 세실 언니에게 크리스토퍼가 우리 집에 올 거라고 말하는 장면, 우리

현관에 서 있는 크리스토퍼, 그의 목소리, 그의 등장, 질문들.

나는 "내가 가지고 갈게"라고 말했다.

"그래, 그렇게 해. 짧게 물총 싸움 한판 하자." 그가 웃으며 몇 걸음 뒤로 물러섰다.

"어, 그러지 뭐."

크리스토퍼의 미소가 더 환해졌다. "우리 집 마당에서 내가 물총을 쏴대면 넌 벌거숭이로 소리 지르면서 뛰어다니던 거 기억나?"

내가 크리스토퍼를 차갑게 쏘아보자, 다행인지 크리스토퍼가 그 자리를 떠났다. 요나스와 베로니카를 보고 돌아앉자 볼이 뜨거워지기 시작했다.

"그냥 하는 말은 아닌 것 같은데." 요나스가 말했다.

베로니카가 부담스러울 정도로 관심을 보였다.

"어렸을 적에 알던 사이야." 내가 베로니카 눈을 보고 말했다. "말해 두지만, 가장 많이 젖은 건 재야."

"그래, 그땐 그랬겠지!" 요나스가 신나서 말했다.

나는 물병의 물을 크게 한 모금 마셨다. "바보 같은 애야."

"……너는 오늘 밤 그 바보 집에 간다는 거고." 베로니카가 덧붙였다.

문득 크리스토퍼가 어디에 사는지 모른다는 게 생각났다.

나는 자전거를 헛간에 두고 물총을 찾았다. 물총은 제일 안쪽 구석 오래된 나무판 더미 위에 있었다. 몇 년 전 여름에 아빠가 의자를 만들려던 판자들이었다. 하지만 아빠는 자신 인생에서 한 번도 충분히 가져 본 적이 없는 것, 바로 시간이 없었다.

물총엔 거미줄이 엉켜 있고 검은 얼룩이 덕지덕지 묻어 있었다. 나는 물총을 다용도실로 가지고 가 왕년의 형광 초록색을 되찾을 때까지 젖은 걸레로 닦았다. 이 총은 거의 2리터의 물을 담을 수 있는 대용량 모델이었다.

원래는 물총이 두 개였는데 내 것은 몇 년 전 부서졌다. 무슨 일이었는지는 잊어버렸지만 내가 화가 나 물총을 마당 멀리 던져 버렸고 그 바람에 물탱크가 박살 났다. 그래서 작년 중학교 마지막 날에는 세실 언니 것을 빌렸었다. 그리고 이번에는 크리스토퍼가 빌리는 거다. 그 얘기는 금요일에 언니가 학교에 가지 않는다는 뜻이다. 언니는 무엇을 입을지도 한마디 없었고, 수선해서 입을 화려한 색의 옷을 찾으러 내 옷장이나 엄마 옷장을 뒤지지도 않았다.

나는 물총에 물을 반 정도 채우고 벽에 대고 시험 삼아 쏴 봤다. 펌프질할 때마다 굵은 물줄기가 뿜어져 나왔다.

집 안으로 들어갈 때 언니 방에서 말소리가 들렸다. 진입로

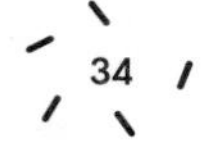

에 차가 없는 걸 보니 엄마는 아직 퇴근하지 않았다. 캐롤라인이 온 것이 분명했다.

두 사람은 방문을 열어 놓았는데, 둘 다 찻잔을 두 손으로 감싸고 있었다.

"안녕, 일리 언니." 내가 말했다. 그리고 "안녕, 캐로."

"안녕, 아스트리드." 캐롤라인이 내게 짧은 미소를 지을 때 그녀의 콧구멍이 약간 떨렸다.

나는 늘 언니 친구의 빨간 머리와 경계심 많은 눈을 보면 털이 헝클어지고 겁먹은 다람쥐 같다고 생각했다. 엄마는 캐롤라인을 '착한 아이'라고 했다. 그렇긴 하다. '지구상'에 캐롤라인보다 착한 여학생이 없는 건 분명했지만, 나는 세실 언니가 제정신이라면 그렇게 따분한 설치류와 친구가 되지 않았을 거라고 생각했다.

"그냥, 잠깐 들른 거야. 오늘 노트 필기 한 것도 보여줄 겸." 캐롤라인은 내가 왔으니 가야겠다는 듯 반쯤 일어서며 말했다.

"난 또 나갈 거야." 나는 서둘러 말했다.

그러자 캐롤라인이 침대에 다시 앉았다.

"괜찮아?" 세실 언니가 나에게 예쁜 미소를 보냈다. 생기가 느껴지는 미소였다. 나를 약간 놀리는 것 같기도 하고, '슈림프야, 뭐 하러 가는데?' 라고 묻고 싶은 것 같기도 했다.

"금방 올 거야."

급하게 인트라넷에서 찾아보니 크리스토퍼는 마을 다른 쪽 개발 단지로 이사 왔다. 나는 멀리 돌아가는 길을 택했다. 우선 항구를 천천히 지나갔다. 오후의 태양이 내 팔을 따뜻하게 했다. 그다음엔 개 공원을 지나가다 잠깐 서서 개들을 구경했다. 목줄에서 풀려나 자유로워진 개들이 혀를 주둥이에서 내놓고 잔디를 내 달리고 있거나 서로 엉덩이 쪽을 탐색하고 있었다.

우리가 어렸을 적에 세실 언니와 나는 개를 키우자고 늘 부모님을 졸랐다. 아빠는 소파에 개털이 묻는 것을 싫어한 데다가 동물 털에 알레르기도 있어서 개 이야기를 꺼내지 못하게 했다. 하지만 나는 가끔 개를 키웠다면 상황이 달라졌을지도 모른다고 생각했다. 언젠가 동물이 주는 사랑이 아이가 없는 집, 우울증, 불안증 등 모든 것을 치유한다는 글을 읽었다. 사람의 사랑에는 그런 게 없다는 게 정말 이상했다.

작고 똑같은 벽돌집이 미로처럼 늘어선 곳에 도착했을 때, 나는 자전거를 타고 왔다 갔다 하며 36번지를 여러 번 지난 후에야 멈춰 섰다. 받침대가 없는 자전거를 울타리에 기대어 놓고 습관대로 자물쇠를 잠그고 오른쪽 겨드랑이에 물총을 끼고 정원에 난 길을 따라 올라갔다. 손가락이 초인종을 누르기도 전에 문이 벌컥 열렸다.

나는 그를 위아래로 훑어볼 수밖에 없었다. 아래쪽부터 천천히 보니 회색 할아버지 실내화, 추리닝 바지, 배 부분이 군데군데 젖은 티셔츠, 어깨에 걸친 체크 무늬 마른 행주, 손가락에서 비눗물이 떨어지고 주방 세제 냄새가 나서 어릴 적에 함께 길에서 비눗방울을 불고 놀던 때가 떠올랐다.

"왔어? 나는 밤에나 오는 줄 알았는데."

"오늘 밤에?"

"그렇게 약속한 게 아니었어?" 크리스토퍼는 어깨에 있던 마른 행주를 내려 젖은 손을 닦고 다시 걸쳤다.

"아무것도 약속 안 한 것 같은데."

"알았어, 근데 나 지금 설거지하던 중이어서." 설거지도 한다고 은근히 자신을 어필하듯 말했다.

나는 물총을 내밀었다. "여기 있어."

그가 물총을 받았다.

"누구니?" 크리스토퍼의 엄마가 집 안에서 소리쳤다. 나는 단번에 그 목소리를 알아들었다.

"아무도 아니에요!" 그가 소리쳤는데, 왠지 기분이 정말 나빴다. 크리스토퍼가 밖으로 나오더니 문을 닫았다.

"세실은 괜찮아? 내일은 학교에 오는 거야?"

나는 약간 뒤로 물러서며 생각하는 척했다.

"그럴 것 같아."

"금요일에는 세실 몸이 좋아야 할 텐데. 졸업은 한 번이니까."

"금요일 날 졸업하는 건 아니잖아." 내가 말했다.

"졸업의 첫 번째 단계지. 개막식이라고나 할까." 그러고는 목록을 읊어댔다. "마지막 수업일, 시험, 졸업식, 트럭 행진, 졸업 파티, 거기다 진탕 술 마시기."

"몇 단계는 빠질 수도 있지 뭐."

"넌 그럴 수 있어?"

그는 살짝 문에 기대섰다. 나는 그의 손, 그 손이 물총을 들고 있는 모습을 빤히 쳐다보았다. 힘을 많이 주고 억지로 잡은 것이 아니라 마치 아기를 품에 안듯 부드럽게 잡고 있었다. 그와 눈이 마주쳤을 때 나는 얼이 빠져 바라보고 있었고, 크리스토퍼는 그런 나를 계속 보고 있었다.

"그럼, 나중에 봐." 나는 서둘러 자전거로 갔다. 자물쇠를 쥐려고 안장 너머로 몸을 숙이는데, 목덜미에 굵은 물줄기가 닿았다.

"야!" 나는 획 돌아섰다.

크리스토퍼가 웃으며 천천히 무기를 내렸다. 바보 같은 그 미소는 꼭 열두 살짜리 소년의 얼굴이었다.

"네 정신이 멀쩡한지 확인했을 뿐이야."

"내 정신은 멀쩡해!"

그는 계속 미소지었다. 그러고는 나를 향해 또 물총을 쐈다. 나는 옆으로 피해 이번에는 팔꿈치만 살짝 맞았다.

"그만해!"

"그렇게 화내지 마, 그냥 물이잖아!"

눈 안쪽으로 뜨거운 열이 올라오는 게 느껴졌다. 완전히 바보 같은 일이었다. 녀석은 그저 무례하고 바보 같고, 예전과 달리 이제 우리 둘 다 어린애가 아니라는 것도 모르는 것 같았다.

나는 빠르게 열쇠를 비틀어 열고 자전거를 울타리에서 빼냈다.

"야, 아스트리드……."

그가 다른 말을 하기 전에 나는 얼른 자전거를 타고 출발했다.

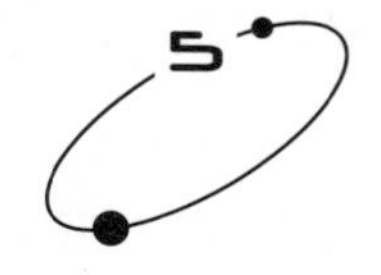

다음 날 나는 5시 반에 집에 왔다. 세실 언니는 학교에서 집으로 혼자 자전거를 타고 갔고, 요나스와 나는 여행 계획을 세우며 오후를 보냈다. 우리는 여행지에 독일과 헝가리, 베를린과 부다페스트를 포함시켰다. 내가 집에 왔을 때 부엌에는 아무도 없었지만, 이야기 소리가 들렸다. 나는 소리가 나는 쪽으로 걸어갔다.

"아가, 엄마는 네가 후회할까 봐 걱정이야. 단지 그 이유야."

"엄마, 나 공부해야 해."

"하지만 월요일까지는 시험 과목도 모르잖니. 뭘 공부해야 할지도 모르고."

나는 세실 언니의 방문 앞에 섰다. "무슨 얘기야?"

"수업 마지막 날." 엄마가 말했다. 두 사람 모두 잠깐 나를

쳐다보고는 다시 서로의 눈을 응시했다.

"그만 얘기하면 안 돼?"

"그날 참여만 하는 건 어떨까? 어쩌면 네가……." 엄마가 세실 언니 어깨에 손을 올리자, 언니가 바로 손을 밀어냈다. 엄마의 손은 허공을 날아 엄마 무릎에 떨어졌다.

"엄마는 꼭 그렇게 사사건건 참견해야 해?"

엄마가 심호흡을 했다. "지금은 이 얘기가 힘든가 보구나. 괜찮아. 나중에 다시 얘기하자."

"나중에 또 얘기하고 싶지 않아." 세실 언니의 눈꺼풀이 약간 떨렸다. 틱 증상이었다.

"안 할게, 미안. 이제 그 얘긴 하지 말자."

"난 정말로 내키지 않아. 정말, 정말로 싫어." 세실 언니가 다시 눈을 크게 뜨며 말했다.

"알았어, 그럼 가지 마." 엄마는 지친듯했지만, 한편으론 안심한듯했다. 이미 결과를 알았던 싸움에서 후퇴하는 것 같았다. 엄마가 조심스럽게 언니 손을 쓰다듬었고 이번에는 언니도 가만히 있었다. "요점은 그날은 재미있는 날이란 거야."

"나한테는 아니야, 전혀."

"그런 것 같다."

"그리고 난 너무 피곤해. 수업을 듣는 게 미치도록 힘들어. 의자에 앉아 있으면 등이 얼마나 아프다고. 고문이 따로 없어!"

"그래 알았어, 아가야. 이제 좀 쉬려무나."

엄마가 정원으로 나갔다. 엄마가 가구를 이리저리 옮기는 소리가 열린 창문으로 들렸다. 엄마는 편안히 앉아 커피 한잔 하려고 했는지도 모른다. 어쩌면 그저 허공만 바라보고 있을지도 모른다. 우리 엄마는 실수로 밟은 잔가지처럼 툭툭 부러지며 걸어 다닐지도 모른다는 그런 생각이 자주 들었다.

나는 세실 언니와 함께 있었다. 우리는 영화를 켰다. 언니는 내게 바싹 붙어 자리를 잡았다. 언니의 맨다리는 따뜻했다. 언니가 자기 다리를 내 다리에 비볐다.

"요나스와 재미있었어?" 영화를 본 지 10분쯤 됐을까, 언니가 잠들었다고 생각했을 때, 언니가 물었다.

"응."

"여행은 갈 것 같아?"

"글쎄, 인터레일 패스는 샀으니까, 그러겠지."

"그럼 7월에 출발이야?"

"딱 2주 동안이야. 하지만……." 나는 '재미있을 것 같아'라고 말할 뻔했다. "아마 제대로 여행하긴 힘들 것 같아. 기차를 잘못 타서 러시아에 내렸다가 요나스가 푸틴에 대해 멍청한 얘기를 하는 바람에 감옥에 처박힐지도 몰라."

언니는 웃지 않았다. 언니는 이불 속에서 마치 누군가가 언니 배를 발로 찬 것처럼 몸을 구부렸다. "난 내가 정말 싫어."

"그런 말 하지 마."

"난 제대로 하는 게 하나도 없어, 그렇지?"

나는 뭔가 재미있는 것을 말하려고 열심히 머리를 굴렸다. 전에 언니는 빵 굽기와 물구나무서기를 잘했었다. 하지만 2년 전 자기 생일 이후로 빵을 구운 적이 없었고 움직이는 게 아프다고 계속 불평했다.

"언니는 물리를 잘하잖아." 내가 말했다. "수학도."

언니는 말도 안 된다는 표정이었다. "엄마 아빠가 나한테 엄청나게 실망하신 것 같아."

"그렇지 않아."

"그리고 엄마가 나한테 내가 후회할 거라고 말하는 게 싫어. 정말로 싫어! 내가 정말 선택이라도 할 수 있는 것 같잖아."

"언니, '정말'이라는 말 정말로 많이 쓰기 시작했어."

언니는 미소지으며 살짝 몸을 폈다. "정말로 좋은 말이라서."

"그나저나 크리스토퍼가 언니 물총 빌려 갔어." 언니에게 어제 말했어야 했는데 어쩐 일인지 그 말을 하는 데 마음의 준비가 필요했다.

"이런! 약속했던 걸 깜박했어. 크리스토퍼랑 언제 얘기했어? 화났디?"

"뭐 때문에 화가 나? 오늘 학교에서 안 만났어?"

"우린 교실에서 절대 말 안 해." 언니는 세상에서 가장 당연한 일인 것처럼 말했다. “그런데 내가 집에 있던 날 문자를 몇 개 보냈더라고. 힘이 없어서 답을 못했어. 왠지 걔는 늘 좀 지나쳐.”

“맞아.” 나는 내 목에 쏜 물줄기를 생각했다.

“난 걔를 잘 모르겠어. 온통 파티와 술 마시는 데만 관심 있는 바보들하고 어울리더라. 걔가 이사 가기 전에는 그렇게 경박하지 않았는데, 그렇지?”

“언니랑 걔랑 둘 다 변한 것 같아.”

“그렇지만 더 어렸을 때는 그런 애가 아니었잖아, 안 그래?”

“약간은 그랬던 것 같아.” 내가 답했다. “그런데 얘가 아주 철이 없고 아주…… 막무가내인 것 같아. 좀 그래. 지금은 그게 더 잘 보이는 거겠지.”

“그래, 막무가내야. 딱 맞는 말이다.” 내 긴 머리카락 하나가 언니의 입으로 들어가자 언니가 손톱으로 혀를 긁으며 말했다. “인생에 대해 정말 막무가내야.”

“정말 막무가내야.” 나는 똑같이 말했다.

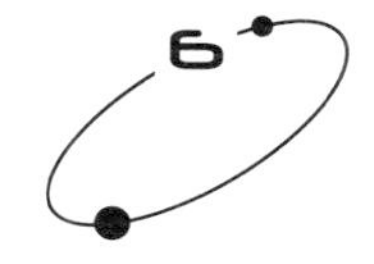

다음 날 아침 나를 깨운 것은 알람 시계가 아니었다. 울음소리였다. 살면서 언니의 울음소리를 너무나 많이 들어서, 울음소리만으로도 어떤 종류인지 분간할 수 있었다. 학교 가기 전의 울음, 가족 모임에 가기 전의 울음. 누군가를 찾는 울음, 혼자 있고 싶어 하는 울음.

울음소리는 부엌에서 났다. 나는 복도로 가 부엌문을 열었다.

엄마는 세실 언니 앞에 쪼그리고 앉아 있었다. 언니는 식탁 의자에 무릎을 세우고 앉아 있었다. 아빠는 팬티와 셔츠를 입고 서서 넥타이를 만지작거렸다. 아빠는 나를 보고는 차갑게 “잘 잤니?”라고 말하고 나를 지나쳐 목욕탕으로 들어가 문을 닫아 버렸다.

언니는 무릎에서 얼굴을 들어 나를 쳐다보았다. 언니의 옅은 두 눈썹 앞이 이마 끝까지 올라가 붙어 절망한 표정이었다.

"나도 너무 가고 싶어." 언니가 두세 번 입안 가득 공기를 꿀떡 삼키며 말했다.

"학교 마지막 날 행사에?"

내 질문에 대한 답은 물론 뻔했다. 그렇긴 해도, 세실 언니가 그날 참여하는 문제에 대해 말도 꺼내기 싫어한 지가 하루도 안 지났기 때문에 뻔한 것도 아니었다.

"난 정말로 노력해서 가고 싶어." 언니는 볼에 묻은 반짝거리는 물기를 손등으로 닦고 셔츠에 문질렀다. "난 정말 노력해 보고 싶어." 반복해서 말했다.

"정말이니?" 엄마는 아직도 언니 앞에 웅크리고 앉아 있었다.

"아니, 잘 모르겠어. 아빠는 난리난리 화만 내고!" 언니는 다시 무릎에 얼굴을 묻었다.

"화난 게 아니야. 아빠는 그저 널 생각해서 그러는 거지. 아빠는 최선을 다해서 노력하는 거야."

"아빠는 내 맘 몰라!"

"내가 알아. 정말로 뭘 하고는 싶은데, 할 수 없을 것 같을 때 정말 힘들지."

"너무 불공평해!"

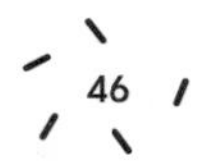

"엄청 불공평하지."

엄마는 훌륭한 인질 협상가 자질이 있었다. 그렇더라도 엄마도 아빠와 내가 이미 깨닫고 있었던 것, 세실 언니가 집을 나서는 날이 '오늘'은 아니라는 사실을 보기 시작했다. 언니의 온몸이 떨리고 있었다. 얼굴은 애도 쓰고 우느라 얼룩덜룩했다.

"오늘은 네가 하고 싶은 대로 해." 엄마가 말했다. "아빠가 한 말은 잊어버려. 어떻게 해 줄까?"

"나도 몰라!"

그러나 이 집에 있는 사람 모두 언니가 뭘 원하는지 알았다. 아빠는 더는 참을 수 없어서 목욕탕으로 도망친 것이었다.

"이리 온. 침대에 가서 눕자. 떨리는 것 좀 봐." 엄마는 고통스럽고 안쓰러운 표정을 내게 보냈다. "세실이 4시 이후로 못 잤어."

"3시 반부터야." 언니가 흐느껴 울었다. "그리고 난 자고 싶지 않아! 그러고 싶지 않다고! 그런데 너무 피곤할 뿐이야."

엄마가 언니를 일으켰다. "자고 나서 그때 가고 싶다면 언제든 아스트리드에게 문자 해. 그럼 쏜살같이 데려갈 테니까. 그때 같이 가면 돼. 그렇지, 아스트리드?"

"응, 문자해."

"거 봐." 엄마는 세실 언니의 팔을 자기 팔에 끼고 걸으며 말했다. "다 잘 될 거야. 일어났을 때 가고 싶으면 언제든 동생한테 문자하면 돼."

자전거를 타는데 몸이 무거웠다. 좀처럼 속도를 낼 수가 없었다. 언니의 눈물은 질척하고 무거운 늪 같았다. 나는 거기에 빠졌고 언니가 오늘 학교에 못 온다는 생각에 참을 수가 없었다. 언니가 학교 마지막 날을 놓치다니. 앞으로 언니는 또 뭘 놓치게 될까? 요즘 나는 그런 생각을 점점 더 자주 했다.

'언니의 인생은 어떻게 될까?' 어떤 인생이든 살게 된다면 말이다.

벚나무 길을 자전거로 달릴 때, 내 절친 요나스가 보였다. 그가 붉은 벽돌 건물 밖에 서서 전화기를 확인하고 있었다. 그 모습은 언제나 내 기분을 풀어 줬다. 멀리서 보니 노란 벙거지와 '난 너의 다이어트에 조금도 신경 안 써, 수잔'이라고 쓰인 빨간색 티셔츠, 그리고 밝은 초록색 운동화를 신은 모양이 꼭 알록달록 신호등처럼 보였다.

"목에 오줌물 세례를 받을 준비는 됐어?" 가는 눈으로 해를 쳐다보고 모자를 약간 고쳐 쓰며 그가 말했다.

"완전 준비됐지." 나는 함께 자전거 거치대로 걸으며 그 옆에서 자전거를 끌었다.

"오늘 세실은 오는 거지?" 무심하게 들리도록 일부러 신경 쓴 게 분명한 목소리로 그가 물었다.

나는 자전거를 세우고 잠그느라 몸을 숙이며 대답했다.
"아니."
"뭐? 말도 안 돼! 그럼 우리는 그 쩔은 연못에 던져질 일이 없잖아!"
"꼭 세실 언니가 널 끌고 가려고 했던 것처럼 말한다."
우리는 정문을 향해 걸음을 옮겼다. 바로 그때 낡은 볼보 한 대가 주차장으로 들어왔다. 차가 완전히 서기도 전에 조수석 문이 열렸다. 열린 문으로 보라색 크록스 신발 한 쌍이 휙 먼저 나오고 다음에 베로니카의 나머지 부분이 보였다. 요나스가 내 옆에 갑자기 멈춰 섰다. 나는 두 걸음 앞으로 걸었지만, 요나스는 꿈쩍도 하지 않았다.
"저 애 집에는 크록스 신발이 더 있을까? 혹시 노란색으로?" 요나스가 물었다.
"모르지. 얼른 와." 내가 그의 팔을 잡아끌자 마침내 움직이기 시작했지만, 여전히 주차장을 쳐다보고 있었다. 그래서 나도 쳐다봤다. 베로니카가 우리에게 손을 흔들고 몸을 숙여 운전자에게 뭐라고 말했다. 언제나 배꼽까지 치켜 입는 약간 펑퍼짐한 진바지를 입은 베로니카의 엉덩이를 안 보려야 안 볼 수가 없었다. 그러고는 우리와 충돌할 것 같은 속도로 우리를 향해 걸어왔다.

오늘 베로니카는 앞자리에 앉지 않고 우리와 뒷자리에 앉았다.

나, 요나스, 베로니까, 이렇게 나란히 앉았다.

베로니카가 가방에서 교과서를 꺼낼 때 나는 슬쩍 그녀를 훔쳐봤다. 눈썹은 정리를 안 하는 게 분명했다. 하지만 피부는 정말로 좋았다. 콧등에 딱 귀여울 만큼의 주근깨만 생기는 그런 피부였다. 꽤 괜찮은 외모인데, 안경과 보라색 크록스 신발을 신으며 일부러 이상한 패션을 하고 다니는 것처럼 보였다. 정말 미스터리다. 내가 자길 보는 것을 눈치챘는지 갑자기 얼굴을 돌렸다.

"너도 나랑 같은 생각하니?" 그녀가 눈썹을 찡그리고 자기 몸을 내려보고 웃었다. "우리 둘 다 하얀색 입는 거 깜빡했잖아."

니콜라인과 필리파는 꼭 끼는 하얀색 윗도리를 입고 있었다. '나를 잡아다 물통에 던져 주세요'라는 표시나 마찬가지였다. 우리가 들은 소문에 따르면 3학년 남학생들이 교실을 다니며 하얀색을 입은 여학생들을 잡아다 학교 뒤쪽 그 냄새 나고 녹조 낀 연못에 던져 넣는다. 그러면 여학생들이 홀딱 젖어서 걸어 나오는데 그때 신경 써서 골라 입은 속옷이 드러난다고 했다. 그런 전통을 지키려고 하는 여학생들이 있다는 게 정말 역겹고 망신스러웠다. 그래서 우리는 '나는 히죽대는 백치요, 아니면 나는 내숭쟁이요' 하고 선언해야만 했다.

"내가 쟤들 엄마라면 참 자랑스러울 거야." 내가 베로니카에게 말했다.

2교시가 끝나기 20분 전, 모두의 엉덩이가 들썩이기 시작했다. 니콜라인과 필리파는 3학년들이 걔들을 잡는 데 걸리는 4초 동안 예뻐 보이려고 1교시와 2교시 사이 쉬는 시간에 머리와 화장을 고쳤다.

나는 전화기를 책상에 꺼내 놓았다. 세실 언니는 문자를 보내지 않았다. 나는 전화기가 내뿜는 침묵을 느낄 수 있었다. 빈 화면에서 나오는 외로움과 좌절감을. 나는 하트 두 개를 보냈다. 언니는 문자를 보고도 바로 답하지 않았다.

나는 문자를 보냈다. '언니는 문자만 하면 돼!'

그리고 덧붙였다. '언니를 생각하고 있어.'

10시 5분 전, 비명이 들렸다. 복도 저쪽 끝 교실에서 나는 소리였다. 사회 선생님은 얼굴을 찌푸리면서도 오이의 굽은 정도에 관한 EU의 규정이 가져올 지대한 영향에 관해 계속해서 말했다.

"테러라도 난 것 같네." 요나스가 속삭였다.

"아니면 학교에서 총격 사건이라도 났거나." 베로니카가 속삭였다.

만약 저들이 사람을 쏘고 있다면 베로니카를 먼저 쐈으면 좋겠다.

주변 아이들이 서로를 돌아보며 컴퓨터와 전화기를 치워 놓으라며 수선을 떨기 시작했다. 선생님이 책상을 두드렸다. "우리가 뭘 할 수 있을까 하는 문제로 다시 돌아가면……."

교실 문이 벌컥 열렸다. 나만 빼고 교실에 있는 모든 여학생이 소리를 지르는 것 같았다. 형광 초록색 스포츠 밴드를 머리와 손목에 두른 다섯 명의 남자애들이 뛰어 들어와서 사방으로 물총질을 하더니, 그중 두 명이 책상을 뛰어넘어 니콜라인과 필리파를 잡았다. 둘은 격렬히 반항하는 척하며 비명을 질러댔는데 남자애 둘은 아랑곳하지 않고 끌고가 버렸다.

"구려." 그들이 나가고 난 뒤 요나스가 말했다. "완전 구려."

"난 재미있을 거 같은데." 베로니카가 말했다. "나중에 '욕조'에서 풍자극 같은 것도 하나?"

"아마 올보르그Aalborg◆에서만 하는 그런 종류일걸." 내가 일어서며 말했다. 1학년들은 벌써 복도로 줄줄이 나가고 있었다.

선생님이 한숨을 쉬었다. "좋아, 그럼. 올해 다들 수고했고 시험 잘 보도록 해."

◆ 덴마크의 유틀란트 반도 북동부의 항구 도시

우리는 '욕조'로 향했다. 호루라기와 메가폰 소리에 귀청이 떨어질 것 같았다. 모두가 우왕좌왕 정신없이 도살장으로 끌려가는 양 떼처럼 한 방향으로 쏟아져 나갔다. 형광색을 입은 3학년들이 각진 어깨와 젖은 물총으로 우리와 부딪히며 휩쓸고 지나갔다. 나는 세실 언니가 여기 없는 게 다행이라고 생각하며 요나스 곁에 딱 붙어 있었다.

세실 언니의 문자가 왔는지 보려고 전화기를 꺼내려는데 갑자기 발이 땅에서 들렸다. 튼튼한 두 팔이 뒤에서 허리를 둘러 나를 잡은 것이었다.

누구인지 보려고 머리를 돌렸는데, 필립의 얼굴과 딱 마주쳤다. 그가 피어싱을 한 눈썹을 꿈틀거리며 재수 없는 웃음을 짓더니 나를 어깨에 들쳐멨다. 내 상체가 그의 등에 거꾸로 매달리는 꼴이었다. 머리를 들어 보니 요나스와 베로니카가 눈앞에 있었다. 찌푸린 그녀의 눈썹이 안경 위로 드러났고, 요나스의 팔을 잡아당기는 그녀의 입술이 소리 없이 움직였다.

"도와줘!" 나는 이렇게 말하고 또 "내려놔!"라고 소리쳤다. 하지만 나도 내 목소리를 들을 수가 없었다. 모든 소리가 호루라기 소리에 묻혀 버렸기 때문이었다.

필립이 복도를 달리기 시작했다. 내 머리가 그의 등허리에 부딪혔다. 다른 3학년들도 우리를 따라 함께 달렸다. 역시 등에는 여자애들이 축 처진 먹잇감처럼 매달려 있었다. 필립의 엉덩이에 매달려 곧 바닥으로 떨어질 것 같은 생각을 떨치려고 애썼지만, 내 심장은 두근두근 요동쳤다.

"내려놔!" 나는 더 크고, 더 단호하게 말했다. 이번에는 목소리가 내게는 들렸지만, 대체 누구에게 얘기하는지 알 수 없었다. 필립의 엉덩이에 말하는 듯했다.

우리는 시원한 밖으로 나왔고 바람이 불자 머리카락이 얼굴을 덮치는 바람에 앞이 보이지 않았다. 갑자기 연못가가 나타나고 그가 나를 내려놓자 물과 하늘이 자리를 바꿨다. 나는 뒤로 비틀거리다 균형을 잃고 쿵 뒤로 넘어졌다. 너무 많은 피가 머리로 몰린 바람에 볼이 뜨겁고 눈 안쪽의 맥박이 쿵쾅거렸다.

연못에는 벌써 허리까지 빠져서 소리를 질러대는 여학생들이 많이 있었다. 형광 초록색 수영 바지를 입은 3학년 한 명이 다리 한쪽은 물에 다른 한쪽은 땅에 딛고 서서 물에서 걸어 나오려는 여학생이 있을 때마다 다시 물속으로 밀어 넣고 있었다. 상체까지 푹 담궈 '미스 젖은 티셔츠'가 되어 학교로 걸어 돌아갈 준비가 되기 전에는 누구도 물에서 내보내지 않았다.

"담궈!" 몇 남자애들이 소리쳤다. "담궈! 담궈!"

무슨 일이 일어나고 있는지 알 수 없었다.

나는 3학년과 어울린 적도 없고 주의를 끌어 본 적도 없고 아무리 흠뻑 젖어도 내 브라를 드러내지 않을 짙은 파란색 원도리를 입고 있었다. 아마 길게 풀어 내린 내 머리 때문에 머리가 빈 금발 여학생으로 착각했나 보다. 나는 일어섰다. 필립이 웃으며 두 손을 뻗어 내게로 걸어오고 있었다.

"하지 마!"

"네 뜻대로 안 되지."

"농담 아냐! 나 건드리기만 해!"

"넌 선배들에게 공손하게 구는 법을 좀 배워야 해." 그가 내 한쪽 손목을 잡아채서 물로 끌고가기 시작했다.

"그날 내가 너한테 말한 것도 아니었잖아." 내 목소리가 떨렸다. 그의 강한 손가락에 잡힌 손목이 아팠다.

"상관없어. 어쨌든 공손하게 구는 법은 배워야겠어."

"웃기지 마, 난 공손하다고!"

"하하하하!" 그가 기관총처럼 웃어댔다. "전투력이 대단한데?"

새로운 무리가 비명을 지르는 여학생들을 어깨에 메고 달려왔다. 그 바람에 내가 잠깐 방심한 사이 필립이 나의 다른 손목을 마저 잡고 연못 쪽으로 몇 미터 더 끌고 갔다. 나는 고무창이 달린 신발로 잔디를 밟고 버텨 보았지만 잔디가 부드러워 신발이 미끄러지며 잔디 흙까지 밀어 버렸다.

"포기하시지." 그가 말했다.

"좀 놔 줘!" 확실히 겁먹은 목소리였다. 그래서 분노가 치밀었다.

"애들아! 나 좀 도와줘!" 그가 소리치자 어디선가 가로세로 2미터씩이나 되는 애가 나타나 내 다리를 잡고 나를 공중으로 들어 올렸다. 나는 발길질을 하며 벗어나려 버둥거렸지만 겨우 내 밑에 있는 그 거구를 조금 비틀거리게 할 뿐이었다.

"뭐야, 이거! 발로 차는 거야?"

"얼른 물에 넣기나 해!"

그때 나는 크리스토퍼를 봤다. 그도 나를 봤다. 우리가 비틀거리며 연못에 더 가까이 가고 있을 때 그가 우리 쪽을 향해 급하게 오고 있었다. 아는 얼굴을 보자 나는 안도감으로 거의 울뻔했다.

"그 애가 싫어하잖아. 이제 내려 줘." 그가 말했다.

"야, 복수하는 거야." 필립이 말했다.

"다른 애 잡아." 크리스토퍼가 말했다.

"넌 빠져."

이제 물까지는 2미터도 안 남았다. 퀴퀴한 녹조 냄새가 났다. 그러자 내 몸이 본능적으로 반응했다. 나는 거구가 균형을 잃게 하려고 나의 온 무게를 실어 앞쪽으로 내 몸을 던졌는데 효과가 있었다. 나는 바로 크리스토퍼의 팔로 굴러떨어지며 두 팔로 그를 꽉 껴안았다.

"안녕?" 그가 놀라서 말했다.

바로 그때 다른 두 명이 뒤에서 내 다리를 잡고 들어 올려 나는 완전히 쭉 늘어났다. 나는 크리스토퍼에게 매달렸고 그도 나를 놓지 않으려고 애썼지만 다른 녀석들이 너무 세서 손가락이 미끄러졌다. 나는 잡을 것을 찾아 허우적거리다가 크리스토퍼의 티셔츠를 찢고 그의 팔뚝에 손톱을 박았다.

"젠장, 그만 좀 놔!" 그들이 내 뒤에서 웃으며 끙끙댔다. 그들이 나를 확 잡아당기자 나는 크리스토퍼를 잡은 손을 놓쳤다. 가까스로 크리스토퍼의 목에 걸린 형광 녹색 호루라기를 잡았는데, 너무 세게 잡아당겨 그의 피부에 상처를 내고 뚝 끊어져 버렸다. 그 바람에 모두가 땅바닥에 나뒹굴었다. 바보 같은 두 녀석이 웃겨 죽겠다는 듯이 깔깔대기 시작했다.

"너, 혹시 그거 하냐, 아니면 왜 그래? 탐폰 하는 거 깜박했냐? 그래서 미쳐 날뛰는 거야?" 필립이 말했다.

"미친놈!"

나는 벌떡 일어나 몸을 돌려 학교 건물을 향해 달렸다. 비명과 물 뿌리는 소리가 점점 멀어졌다. 그런데 그때 웃음소리, 누군가 소리치며 도움이 필요하냐, 작은 여자애 하나 감당 못하느냐고 묻는 소리가 들렸다. 나는 돌아보지 않았다. 계속 뛰기만 했다. 학교 안으로 들어와서야 내가 아직도 호루라기를 꼭 쥐고 있다는 것을 알았다.

가방을 가지러 교실에 가서도 마음이 진정되지 않아 몸이 떨렸다. 울음이 터질 것 같았지만, 꾹 참았다. 이런 바보 같은 일로는 절대 울지 않을 것이다. 다시는 그 일을 생각하고 싶지도 않았다. 그렇지만 교실 앞에서 요나스와 베로니카와 마주쳤을 때는 내가 짓밟힌 피해자로 보이리라는 생각을 떨칠 수가 없었다.

"너, 괜찮아?" 베로니카가 커다란 안경 너머로 나를 쳐다보며 내 손을 잡으려고 했지만, 나는 재빨리 피했다.

"응, 하지만 지금 집에 가려고."

"우리가 성명서를 쓸 거야." 요나스가 말했다. "탄원서! 이건 옳지 않아. 사람을 그냥 연못에 던져 버릴 수는 없어. 첫째, 이건 성차별이고. 둘째, 너무 위험해."

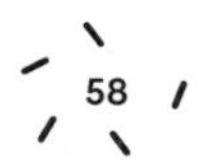

요나스와 베로니카가 함께 생각해 낸 것처럼 들리지 않았다면, 그 생각이 반가웠을지도 모른다.

"참아. 난 물에 빠지지도 않았으니까."

베로니카가 내 손에 쥔 줄 끊어진 호루라기를 뚫어지게 보았다. 그래서 서둘러 가방에 넣었다.

"너를 잡아간 애는 누구였어?" 그녀가 물었다.

"필립. 언니랑 같은 반 덜떨어진 놈."

그녀가 얼굴을 찌푸렸다. "어떻게 빠져나왔어?"

"크리스토퍼가 도와줬어." 이 말을 하며 그가 아니었다면 연못에 빠졌을 거라는 생각이 불쑥 들었다. 하지만 그때 크리스토퍼의 멍청한 친구들이 나를 끌고 간 것이라는 사실을 깨달았다.

"아, 크리스토퍼……." 베로니카는 마치 나도 모르는 뭔가를 아는 것처럼 말했다.

"물론 널 구하러 갔겠지. 너한테 푹 빠졌잖아. 분명해." 요나스가 말했다.

"그건 아니야." 나는 내 가방끈을 조였다.

"복도에서 둘이 마주칠 때마다 너한테 장난 걸던데, 뭘."

"뭐? 그냥 인사하는 거야. 하여간 난 그렇게 멍청한 친구들이 있는 애는 안 좋아해."

요나스와 베로니카가 눈길을 주고받았다. 요나스가 말했다.

"아스트리드가 마지막으로 누군가를 사귄 듯한 게 작년 첫 번째 학교 파티였어. 그리고 그때는 그렇게……."

"조용히 해. 안 그러면 너하고 스테파니 얘기한다?" 내가 말했다.

우리는 서로 노려봤다. 누가 보면 증오로 가득한 표정이라고 생각하겠지만, 사실 나는 이복형제를 쏘아보며 티격태격하는 심정이었다.

"'욕조'로 안 돌아갈 거야?" 베로니카가 우리의 눈싸움을 말려 보려고 물었다. "우리가 그러니까…… 혹시 말이야…… 널 돌봐야 하지 않을까?"

"고마워. 그런데 오늘 이 야단법석은 그만하려고."

"그럼, 조심해서 가." 베로니카가 나를 어정쩡하게 포옹했다. 내가 어깨를 돌려 그 이상의 신체 접촉을 막았기 때문이었다.

학교에서 나오는 길에 캐롤라인을 봤다. 그녀는 주황색 드레스를 입고 있었고 머리에는 빨간색 스프레이를 뿌렸고 뒤로 땋았다. 그렇다고 평소보다 덜 다람쥐 같아 보인 건 아니다. 우스꽝스러운 옷을 입고 손에는 면도 거품 통 하나를 들고 서서 나에게 미소짓는 모습이 어쩐지 조금 불안해 보였다.

"일일 광대 역할 즐겁게 해." 내가 그녀에게 말했다.

언니는 뜰에서 햇볕을 쬐고 있었다. 그녀의 긴 다리는 쭉 뻗어 있고 탁자에는 껍질 벗긴 홍당무 더미와 함께 책이 쌓여 있었다.

"일리 언니, 기분 좀 좋아졌어?" 내가 물었다.

"응." 언니가 말했다. "난 여기 내 작은 세상에 숨어서 세상이 어떻게 돌아가나 보는 중이야. 그렇게 안 보여? 감시하고 있잖아."

나는 언니가 이럴 때가 좋다. 언니의 진짜 모습이 전부 보일 때. 재미있고 비꼬아 말하고 언니다울 때. 나는 빡빡한 청바지를 최대한 걷어 올리고 나도 일광욕을 하려고 언니 옆으로 의자를 당겼다.

"다 끝난 거 알지?" 언니가 물었다. "이제 나한테 억지로 그 많은 시험을 보게 할 수 없어. 결석률이니 규칙 같은 건 꺼져버리라 그래. 시험만 끝나면 다시는 어느 것에도 대답하지 않을 거야, 절대!"

나는 웃지 않을 수 없었다. 언니 말이 맞기 때문이었다. 언니가 지난 3년을 끝낸 건 작은 기적이었다. "언니가 어디 있는지 물어대는 애들 네 명과 남편하고 살 계획은 없어? 아니면 직장 상사라도?"

"정말이야. 난 직장도 없는 고양이 아줌마로 평생 살 거야." 언니는 전화기를 흘끗 보았다. "왜 이렇게 일찍 집에 왔어? 이제 시작하는 거 아니야?"

나는 콧방귀를 뀌었다. "재수 없는 일이 있었어. 얘기하고 싶지 않아."

"그래도 해 봐." 그녀는 홍당무를 한입 아삭 깨물며 물었다.

나는 의자에 기대앉아 눈을 감았다. 새삼 학교 마지막 날이 끝났고 다시는 복도에서 크리스토퍼를 마주치지 않아도 된다는 사실이 얼마나 다행인지 몰랐다. 그와 함께 다니는 멍청이들도 다시는 안 봐도 된다.

"그러니까…… 그 오래된 물탱크 알지?"

"뭐야? 너를 물에 빠트렸어?"

"아니, 아닌데. 필립이 그러려고 했어."

"우리 반 필립 말이야?" 그녀는 콧등을 찡그렸다. "왜 그런 짓을 해? 너하고 말이라도 섞은 적 있어? 정말 이상한 일이네."

"그러게 말이야."

"그런데 어떻게 빠져나왔어? 너를 던져 넣지는 못했다며?"

가끔 나는 언니가 크리스토퍼에게 어떤 감정을 느낀 적이 있는지, 언니 인생에 어느 때건 그를 사랑한 적이 있었는지 궁금했다. 열두 살 때일 수도 있고, 혹은 그 전이거나, 아니면 지난여름 그가 다시 돌아와 언니네 반에 들어갔을 때였을지도 모르겠다. 하지만 만약 그런 적이 있었다면 언니는 내게 비밀로 했다는 얘기다. 우리 사이에 비밀이라고는 없었는데.

지금까지는 그랬다.

"그냥 발버둥쳤지, 뭐."

"와우! 용감하다, 너."

나는 눈을 감았다. 눈 속이 온통 붉어질 때까지 태양이 눈꺼풀을 따뜻하게 하는 것이 느껴졌다. "그렇게 용감하지 않았어. 하마터면 울고 불고 난리 칠 뻔했다고."

언니가 소리 내 웃었다. 나는 여전히 두 눈을 감고 있었지만, 언니의 웃음소리에 절로 미소가 지어졌다.

저녁을 먹는 동안 아무도 그날 있었던 일을 묻지 않았다. 엄마는 "냄비에는 이제 미트볼이 없어"라든가, "오늘 재미있는 영화 하더라"라든가, "내가 읽었는데 해변의 수온이 벌써 20도래" 같은 말만 했다.

가끔 나는 다른 가족은 어떤 얘기를 할까 궁금했다. 그들은 졸업 후에 뭘 하고 싶은지, 언제 집을 떠날 것인지, 꿈은 뭔지 같은 중요한 얘기를 하는지 궁금했다.

저녁 식사 뒤 우리는 담요를 두르고 다 같이 소파에 자리를 잡고 앉아 엄마가 말한 영화를 봤다. 아빠는 낡은 안락의자에 앉아 코를 골았다. 기분이 좋아지는 소리였다. 내가 어렸을 적에 부모님 침대에 파고들었을 때, 잠자는 아빠가 동굴에 사는 몸이 크고 착한 괴물 소리를 내던 때 같았다.

“아빠가 피곤한가 보다.” 엄마가 말했다. 엄마는 다른 안락의자에 앉아 집으로 가져온 서류 뭉치를 읽으면서 한쪽 눈으로는 영화를 보고 있었다. “어머나, 정말로 코 고네.” 엄마가 노려보면 아빠의 코골이를 멈출 수 있다는 듯이 잠시 아빠를 빤히 바라보았다. “코 골지 마.”

“난 괜찮아.” 내가 말했다.

“토마스.” 엄마가 발로 아빠 무릎을 툭 쳤다. “토마스, 당신 지금 자고 있어.”

“뭐?” 아빠는 눈을 뜨고 무슨 일인가 눈을 끔벅거리더니 다시 감았다.

“맞아, 코까지 골았어.” 세실 언니가 텔레비전 화면에서 눈을 떼지 않은 채 말했다.

아빠는 안락의자에서 일어나 목욕탕으로 가 이를 닦기 시작했다. 무시무시하게 이를 문질러대는 소리가 열린 문으로 들렸다.

“뭐 좀 먹을까?” 엄마는 대답도 안 듣고 일어서서 부엌으로 가 찬장을 뒤지며 사탕 봉지를 부스럭댔다.

“슈림프.” 세실 언니가 내 어깨에 입을 대고 말했다. 내 윗도리 천을 뚫고 그녀의 축축하고 따뜻한 입김이 느껴졌다.

“왜?”

“아무것도 아니야. 그냥 지금 안전한 느낌이 들어.” 언니는

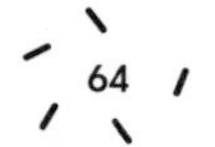

자기의 코 전체를 내 팔에 댔다. “지금 이 순간이. 맞아, 진짜로 안전한 것 같아.”

언니의 말에 가슴이 아팠다. 마치 윙윙대는 작은 벌 한 마리가 내 옷 속에 들어와 침을 쏜 것 같았다.

“잘됐네.” 나는 이렇게 말했지만, 정말로 잘 된 것인지, 그리고 내가 왜 그런 생각을 했는지 알지 못했다.

“나, 거지 같은 시험 생각에 스트레스받기 시작했어.” 언니는 내 무릎에 머리를 떨어뜨리고 보일 듯 말듯 미소를 지었다. 내 몸에 닿은 언니의 몸이 아주 따뜻했다. 내 무릎에 놓인 언니의 머리는 아주 무거웠다. 언니는 양옆으로 머리를 꿈틀댔다. 내가 언니의 머리카락을 만져 주길 원할 때 하는 행동이었다. 내 손가락은 자동으로 움직였다.

“네가 도와줄래?” 언니가 물었다. “나랑 같이 벼락치기 어때? 작년에 했던 것처럼? 결국 너는 기껏해야 한 과목만 시험 볼 거잖아. 완전 거지같아.”

나도 졸업할 때 언니하고 똑같은 수의 시험을 보게 될 거라는 걸 아는지, 그렇게 보면 전혀 거지 같은 일이 아니라 시험을 나눠서 볼 뿐이란 걸 아는지 묻고 싶었다.

“분명히 영어는 봐야 할 거야.” 내가 대답도 하기 전에 언니가 또 말했다. “난 지지리 운도 없으니까. 그리고 분명 역사도 보겠지. 끔찍하다.”

"한 번에 한 시험에만 집중하는 게 좋아. 교과서의 첫 단원. 첫 페이지에 있는 첫 문장을 이해하는 데 집중해 봐." 내가 말했다.

그것은 작년까지 나와 언니가 등록했던 학습 심리 강좌에서 들은 모토였다. 코끼리를 먹을 때도 한 번에 새 모이 만큼 먹어라. 그렇지 않으면 코끼리가 널 깔고 앉을 것이다.

"넌 정말 똑똑해." 언니가 머리를 돌려 나를 보았다. 그리고 손가락으로 내 볼을 콕 찔렀다. "완벽하고 똑똑한 아스트리드. 조만간 안경 써야 하는 거 아니야?"

"안경잡이 차별주의자." 이렇게 말하며 베로니카를 떠올렸다.

엄마가 여러 가지 군것질거리를 커다란 그릇에 담아 돌아왔다. 우리 앞에 그릇을 놓을 때 나와 눈이 마주치자 미소를 지었다. 나는 내일 크로켓 경기를 하고 마당에서 고기를 구워 먹기로 했던 게 기억났다. 그 순간은 내일 우리 가족이 괜찮은 하루를 보낼 것 같았다.

토요일은 크로켓과 바비큐를 즐기기에 좋지 않은 날로 드러났다. 아빠는 사무실에 나가 정리할 일이 있다고 했다.

"나중에 하면 안 돼?" 엄마는 아빠가 방금 "미룰 수 없어"라고 정확히 말했는데도 이렇게 물었다. 엄마는 여전히 그대로 서서 실망한 어린아이 같은 표정을 짓고 있었다.

"응. 그럴 수는 없어. 한두 시간 안에 올 거야."

"그래도…… 그 일을 처리할 사람이 또 있지 않아?"

"토요일에 불러내라고?" 아빠는 이제 짜증이 난 것 같았다. "내 회사니까 내가 처리해야 해."

1년 전 세실 언니는 아빠가 바람을 피우는 것 같냐고 내게 물은 적이 있었다. 답을 바라고 물은 건 아니었다. 그냥 머리에 스치는 생각을 무심코 내뱉은 것이었다.

우리 아빠는 절대 바람을 피울 타입은 아니었다. 첫째, 아빠는 엔지니어이고 둘째, 아빠 회사에서 근무하는 사람은 전부 남자였다. 직원은 다섯 명인데 8년 동안 고객을 많이 만들려고 열심히 일했다. 나는 일이 어떻게 돌아가는지는 잘 알지 못했다. 전에 아빠는 이상한 전기 장치에 관한 이야기와 보드카를 엄청 마셔야만 계약서에 서명하는 러시아 사업가들 이야기로 우리를 즐겁게 해 주곤 했다. 그러나 더는 그런 얘기를 하지 않았다.

아빠가 나가자 엄마는 우리에게 돌아섰다. "좋아, 그렇다면 우리끼리 재미있는 거 할까?" '재미있는'이라는 말을 너무 힘주어 말해 무섭게 느껴질 지경이었다.

"난 피곤해." 언니가 자기 방으로 사라지며 말했다. 언니는 오전 내내 누워서 졸았고 우리 중 아무도 방해하지 않았다.

시간이 흘렀고 하늘에 구름이 몰려들고 갑자기 날이 어두워지는 게 아빠가 전화를 걸어 집에 오는 중이라고 해도 계획한 모든 일이 일어나긴 그른 것 같았다.

"대신, 내일 하자." 엄마가 내게 말했다. "내일은 종일 날씨가 좋을 거야."

계획은 그랬다.

그러나 우리가 일요일에 일어났을 때 그 계획은 시작하기도 전에 망한 것 같았다.

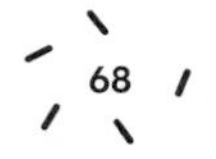

세실 언니가 잠을 못 자서 등이 아프다고 불평했다. 새벽 3시에 화장실에 가려고 일어났는데, 열린 문 틈으로 침대에 누워 노트북을 빤히 보는 언니를 보았다. 소리도 음악도 없었다. 화면의 하얀 빛이 엎드린 언니의 얼굴을 비추는데, 좀비 같았다.

"뭐해?" 내가 물었다.

언니는 깜짝 놀라 노트북을 닫았다.

"자고 있어." 언니가 이불을 코까지 당겨 덮으며 말했다.

잠시 뒤 엄마가 조심스럽게 돌아다니기 시작했다. 언니 방에서 소곤거리는 소리가 났다. 목소리가 들리기는 했지만 무슨 얘기를 하는지 들릴 정도로 크지는 않았다.

8시 반에 깼을 때 나는 자리에서 일어나기 전에 고요함에 귀를 기울이며 누워 있었다. 집 안은 쥐죽은 듯 조용했다. 나는 침대에서 굴러 내려와 부엌으로 갔다. 엄마는 김이 멈춘지 한참이나 지난 커피 잔 위로 몸을 숙이고 있었다.

"물 더 있어?" 내가 물었다.

"금방 올려놨어."

나는 주전자가 삑삑거리기 시작할 때 찬장에서 머그잔을 꺼내 엄마 건너편에 앉았다.

"힘든 밤이었어." 엄마가 하품을 했다. "그래도 오늘 크로켓 게임을 조금이라도 하는 게 좋겠지?"

"응. 엄마도 그렇지?"

"물론이지." 엄마는 내게 미소를 지었다. 하지만 밤사이 엄마 마음이 조금은 바뀐 것 같았다. 순식간에 더는 우리의 계획이 아닌 나만의 계획이 되어 버렸다.

나는 커피를 다 마시고 크로켓 고리와 망치가 든 갈색 가죽가방을 가지러 헛간으로 갔다. 태양은 벌써 하늘 높이 떠 있고 테라스에 놓인 화분에서 벌들이 윙윙거리고 있었다. 나는 잔디밭에 경기 도구를 설치했다. 그리고 젖은 걸레로 마당에 놓인 가구에 쌓인 먼지와 꽃가루를 닦고 의자에는 쿠션을 놓고 파라솔을 폈다.

세실 언니는 정오가 되어서야 일어났다. 배가 고프다며 자기 방으로 음식을 가져다 달라고 했다. 나는 비스킷 몇 조각에 치즈를 얹어 접시로 받치고 언니의 이불 위에 놓았다.

"다 먹고 우리랑 같이 마당에서 놀래?" 내가 물었다. "날씨가 환상이야."

언니가 고개를 끄덕였다. 비스킷을 조금 베어 물었지만 몇 초간 씹지를 않았다. 지금 언니의 눈은 햇살이 스며드는 닫힌 블라인드를 훑어보고 있었다. 그러다가 갑자기 언니가 마음을 바꿨다. "나, 정말 피곤해."

"햇빛을 받으면 덜 피곤할 거야."

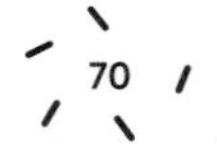

"그냥 뭐나 보자." 언니가 비스킷을 접시에 다시 내려놓고 팔로 베개를 안더니 털썩 침대에 누웠다.

"보는 건 나중에 하자, 얼른."

"나중에. 당장은 못 하겠어. 지금 막 일어났잖아."

"먼저 씻고 기분이 나아지는지 볼까?"

나는 내가 벼랑 끝으로 가고 있다는 것을 알았다. 벼랑 끝은 언니가 상대의 말에 기분이 상하기 시작하는 지점이었다. 자기를 이해하지 못한다고 생각하는 것이었다. 얼굴에 피곤과 짜증이 보였다. 그래도 나는 한 번 더 찔러봤다. 이번에는 조금 다르게 말했다. "햇빛을 쬐면 기분이 좋아질 거야."

"잔소리 좀 그만해."

언니는 한 시간 반 후에나 씻었다. 나는 엄마에게 세실 언니가 곧 준비될 거라고 알렸다. 엄마는 그릇에 과자를 담고 나에게 차가운 소다수 캔을 가지고 오라고 했다. 그런 뒤 언니를 데리러 갔다. 언니는 반바지와 티셔츠를 입고 침대 끝에 앉아 있었다.

"마당으로 갈까?"

언니가 몹시 화난 눈으로 나를 보았지만, 곧 진정했다.

순전히 나 때문에 하는 일이었다.

동작 하나하나가 내가 원해서 하는 것이지 언니가 원해서 하는 게 아니라는 것이 보였다. 언니가 자기 몸을 일으키고 걷느라 얼마나 힘들어 했는지, 부엌에서 천천히, 정말 천천히 의자에 주저앉아 운동화를 발에 걸치고 흔들었다. 그러다 갑자기 신발을 벗고 한쪽 발에 갈라진 피부를 자세히 봤다.

"뒤꿈치가 정말 건조하다. 봐봐." 언니가 말했다.

"오늘 밤에 족욕하자."

밖으로 나가자 언니는 테라스에서 멈춰 잔디를 뚫어지게 쳐다보고는 눈을 깜박거렸다. "저게 뭐야?"

"크로켓 하려고." 나는 재빨리 덧붙였다. "우리가 다 원한다면."

나는 언니의 입꼬리가 살짝 올라갔는지, 기뻐하는 기색이 조금이라도 있는지, 눈에서 기대감이라도 찾으려고 언니 얼굴을 살폈지만, 아무 것도 보이지 않았다. 오늘 언니는 나의 '일리'가 아니라는 생각에 내 배는 긴장하고 돌처럼 딱딱해졌다.

"일단 앉아서 쉬어." 내가 말했다. 언니가 앉았다. 엄마가 두 팔 가득 유리컵을 안고 나와 탁자에 놓고 우릴 보고 웃었다. "그냥 좋은 시간이나 갖자."

"아빠는?" 내가 물었다.

"일하고 있어."

"내가 데리고 올게."

아빠는 재택 사무실에서 글로 빽빽한 서류를 컴퓨터 화면

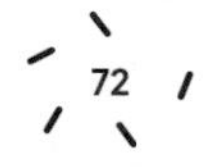

에 띄우고 마우스를 열심히 움직이고 있었다. 블라인드를 기울여 놓아 아주 약간의 햇빛만 들어왔다.

"아빠, 안 나와?"

"지금 게임 하는 거야?" 아빠가 눈을 들어 나를 봤다.

"곧 시작해."

"시작하면 부르러 와."

"1분 안에 시작한다니까."

"이건 2분이면 돼." 아빠가 씩 웃어 보이고는 다시 노트북을 바라보았다. 아빠의 노트북을 쾅 하고 닫으면 아빠가 어떻게 반응할지 보고 싶었다. 내가 움직이지 않자 아빠가 다시 나를 올려다 보며 말했다. "알아, 아스트리드. 나도 이 컴컴한 곳에 앉아 일하는 게 그렇게 재미있지는 않아."

나는 그 자릴 떠났다.

세실 언니는 의자 위에 웅크리고 있었다. 다리를 접어 세우고 전화기를 보고 있었다. 엄마는 잔디에 앉아 크로켓 망치를 하나하나 검사하고 있었다. 빨간색, 노란색, 파란색, 초록색. 그것들을 얼굴 가까이 들고 있었다. 나는 엄마가 뭘 확인하는 건지 도통 알 수 없었다.

"아빠 온대?" 엄마가 나를 보며 물었다.

"곧."

엄마 표정이 순간 바뀌었다. 마치 속마음을 숨기고 싶을 때 안경 위 검은 렌즈를 접어 내리는 것 같았다.

엄마는 "그냥 우리끼리 시작할까?"라고 말했다.

나는 '그럼 우리 포기하는 거야? 정말 아빠가 저기 혼자 앉아서 빠져나가도록 내버려 둘 거야?'라고 말하고 싶었다. 하지만 "아빠를 기다리면 안 될까?"라고 말했다.

엄마 입술이 얇아졌다. "당연히 되지."

"슈림프?" 언니가 불렀다. "내 역사책 좀 가져다줄래? 공부할 힘이 조금 생긴 것 같아."

"알았어, 그렇지만 금방 게임 시작한다. 알았지?"

언니는 대답 대신 얼굴을 찌푸렸다. 나는 안으로 들어가 책상에 있는 역사책을 가지고 나왔다.

"콜라 캔 좀 따 줄래?" 내가 책을 건네자 언니가 말했다. 언니는 캔을 딸 때 손톱에 받는 느낌을 싫어했다. 나는 캔 하나를 집어 언니에게 건넸다.

"어떤 색 하고 싶어?"

"상관없어." 언니가 콜라를 한 입 마셨다.

"팀으로 경기할 수도 있잖아? 언니랑 나랑 한편 엄마랑 아빠가 한편 하는 건?"

"나는 구경이나 할까 봐." 언니가 책을 얼굴 앞으로 들었다.

엄마가 우리 쪽으로 왔다. "지금 공부 안 해도 되지 않니, 아가?"

언니가 엄마 말을 무시했다.

나는 시계를 봤다. 아빠가 2분 내로 나오겠다고 한 후로 거의 7분이 지났다.

"아빠가 준비됐나 보고 올게." 나는 엄마가 뭐라고 하기 전에 일어서서 집 안으로 달려갔다. 아빠는 여전히 사무실에 있었다. 하지만 이번엔 김이 나는 뜨거운 커피잔을 들고 있었다.

"아빠! 2분 걸린다며?"

아빠는 내가 다시 그곳에 서 있다는 것에 깜짝 놀랐는지 입을 떡 벌리고 나를 봤다.

"뭐야, 아직도 시작 안 했어?"

"응, 아빠 기다리고 있잖아!"

"기다리지 마. 내 차례는 건너뛰고 해. 나중에 할게."

"그러면 게임에서 지는데?"

"누군가는 져야 하잖아." 아빠는 커피잔을 들어 후루룩 소리 내어 마셨다.

나는 다시 밖으로 나갔다.

"됐어." 엄마가 일어서며 말했다. "그냥 우리 둘이서 하자, 아스트리드."

우리는 두 경기를 했다. 엄마랑 나 둘이서. 엄마가 빨간색 내가 파란색이었다. 내가 이겼다. 내가 마지막 고리에 공을 통과시켰을 때 엄마는 거의 한 바퀴나 뒤지고 있었다.

“네가 이겼네, 축하해.”

나는 생각했다. ‘엄마, 열심히 한 거 맞아? 우리 둘이 있을 때만이라도 행복한 가족처럼 굴면 안 돼?’

우리는 테라스로 돌아와 앉았다. 세실 언니는 월요일 시험 과목이 발표 나기 전까지는 뭘 공부해야 하는지도 모르면서 여전히 역사책에 코를 박고 있었다.

나는 언니 손에 들린 책을 쳐 버리고 싶었다. 책이 쿵하고 땅에 떨어지는 소리를 듣고 싶었고, 언니의 뚱한 얼굴이 깜짝 놀란 표정으로 바뀌는 걸 보고 싶었다. 그러고 나서 언니를 잡고 이가 부딪힐 정도로 세게 흔들고 싶었고, 언니의 행동이 얼마나 말도 안 되고 웃기는지 아느냐고, 언니가 지금 거기 앉아 뿜어내는 분위기가 모든 걸 망친다는 걸 아는지 묻고 싶었다.

가끔 나는 이렇게 나쁜 생각을 할 때가 있었다.

다른 사람도 배려가 필요한 사람에게 나처럼 생각할 때가 있는지 궁금했다. 다른 사람도 기분이 울적할 때 누군가를 발로 차 버리고 싶은 충동을 느끼는지 말이다.

나는 두 눈을 질끈 감으며 다른 생각을 하려고 애썼다. 하

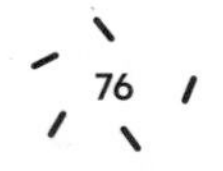

지만 생각하고 싶은 것을 고를 수는 없었다. 나쁜 생각은 거머리 같아서 사람 몸에 딱 들러붙었다. 그 피로 피둥피둥 살이 찔 때까지 떨어지지 않았다.

나는 일어섰다. "산책하고 싶은 사람?"

엄마는 세실 언니를 흘끗 쳐다본 뒤에 말했다. "솔직히 난 좀 쉬고 싶어."

언니는 대답은 하지 않고 헛기침만 했다. 대충 책을 넘기며 목구멍에서 얇고 아주 작은 쉰 소리를 냈다.

항구는 사람들로 북적였다. 친구들, 연인들, 개를 데리고 나온 좀 더 나이 있는 부부들. 아이스크림을 핥는 사람들과 부모들이 태양 아래서 생맥주를 마시며 가판에서 산 기름진 생선 샌드위치를 먹는 동안 둑에서 게를 잡느라 시끄러운 아이들.

나만 빼고 모두가 함께 걷고 같이 앉을 사람이 있었다.

나는 가장 긴 방파제로 갔다. 방파제 아래 크고 흰 돌들이 있는 곳으로 넘어와 물 가까이 앉았다. 신발을 벗어 발가락을 내놓고 꼼지락거렸다. 물밑 모랫바닥에는 큰 적갈색 게 한 마리가 어기적 거리고 있고, 사이코 같은 갈매기 중 한 마리가 저만치 바위에 내려앉아 내 발가락이 맛있는 정어리라도 되는 듯 빤히 쳐다봤다.

나는 요나스에게 문자를 보냈다.

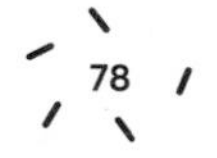

'항구에 나와 있어, 올 수 있어? 딱 한 시간만. 급해.'

그는 내 문자를 봤지만 답하지 않았다. 요즘 들어 자주 이랬다. 마치 언제나 나보다 더 중요한 다른 일이 있는 것 같았다. 이런 일은 베로니카가 끼어든 이후에 시작됐다.

자기가 우리랑 삼 총사라도 될 거라고 기대했다면 큰 오산이다.

내 가장 친한 친구를 그렇게 쉽게 훔칠 수 있다고 생각했다면 어림도 없다.

나는 요나스에게 두 개의 똥 모양을 보냈다. 그는 보지 않았다.

그때 베로니카에게서 문자를 받았다. '안녕, 아스트리드. 우리집에서 같이 일광욕 할래?'

나는 답하지 않았다. 대신에 요나스에게 문자를 했다. '지금 베로니카네 있어?'

마침내 그가 답했다. '아니, 그런데 갈래? 재미있을 거야! 화이트 와인도 마실 거야!'

'그럴 기분이 아니야.' 나는 문자했다. '항구로 올 수 없어?'

'미안'이라고 그가 답했다. 'V에게 간다고 약속했어…… 거기서 같이 만나면 안 돼? 기분 전환도 할 겸?'

'됐어. 재미있게 놀아.'

내 머리는 태양과 분노와 어그러진 계획 때문에 부글부글

끓었다.

나는 전화기를 주머니에 넣으며 바다로 시선을 돌렸다. 바다는 출렁이는 큰 배들로 가득했고 선체에 파도가 와서 부딪혔다. 저쪽에 세 대의 보트가 보였고 한 청년이 돛대에 몇 미터쯤 올라가 밧줄을 손질하고 있었다. 상의 없이 페인트가 튄 청바지를 입었고 검은 머리카락은 강한 햇살에 푸른 빛이 돌았다. 나는 곧 내가 보고 있는 사람이 크리스토퍼라는 것을 알아챘다. 그를 알아보고 마음이 이상하게 철렁했다.

"아스트리드?"

낯익은 목소리 쪽으로 돌아섰다. 짧은 머리를 한 여자가 나를 내려보고 웃으며 방파제 위에 서 있었다. 그녀는 소매가 없는 노란 원피스를 입고 있었는데, 햇볕에 탄 팔을 내게 흔들고 있었다. "너, 맞구나!"

나는 바위를 기어올라 방파제로 넘어가며 지금 내 앞에 서 있는 크리스토퍼 엄마의 모습과 내가 기억하는, 우리 옆집 마당에서 돌아다니던 통통한 여자, 늘어진 체육복 바지를 입고 빨래를 널던 그 여자의 모습을 비교해 봤다.

"정말 반갑구나." 엘렌 아줌마가 나를 꼭 껴안자 꽃향기 향수 냄새가 났다. "여기서 크리스토퍼도 만났니?" 그녀는 보트가 있는 방향을 가리켰다.

"네? 아니요."

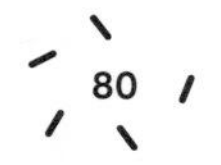

"이리 와." 그녀가 움직이며 말했다. "가서 인사라도 해."

"안 돼요. 죄송해요." 나는 그 자리에 버티고 서서 크리스토퍼와 또다시 마주하지 않아도 될 변명거리를 찾았다.

"세실도 같이 왔니? 누구 기다리고 있어?"

"그런건 아닌데요……." 나는 변명거리도 없고 재빨리 거짓말을 지어내지도 못했다.

엘렌 아줌마가 그 두 가지를 다 알아챘다.

"그럼 이리 와. 크리스토퍼 할아버지도 여기 어디에 계시거든. 분명 널 보고 싶어 하실 거야."

내가 배에 올랐을 때 크리스토퍼는 돛대 위에 있었다. 갑판에서 보니 배는 멀리서 봤던 것보다 훨씬 컸다. 몇 미터나 되는 돛대에는 두껍고 하얀 돛이 밧줄로 튼튼히 매여 있었다. 갑판 가운데에는 나무로 된 조타실이 있었고 선실로 내려가는 계단이 있었다.

"내가 누굴 만났게?" 엘렌 아줌마가 말했다.

크리스토퍼가 나를 내려다 봤다. 그는 다리를 돛대에 감고 팔로 몸을 지탱하고 있었다. 나는 손을 들었다. 그는 얼굴이나 몸의 근육 하나도 움직이지 않았다.

"얼른 내려와서 옷 입어." 아줌마가 말했다.

그는 천천히 내려오다가 마지막 계단에서 쿵하고 뛰어내렸다. 엘렌 아줌마가 갑판에서 티셔츠를 집어 그에게 건넸다. 그는 재빨리 옷에 머리를 집어넣었다. 그리고 우리에게 등을 돌리고 엉거주춤 앉아서 연장통을 뒤지기 시작했다.

"정말 오랜만이지 않니?" 엘렌 아줌마가 말했다.

"우리 같은 학교 다녀." 그의 목소리가 뚱했다.

"아니, 이렇게 만나는 거 말이야." 그녀는 팔을 활짝 펴고 웃었다. "옛날처럼, 세실이랑 아스트리드가 와서 너의 놀이 집을 아침 내내 차지하고 놀던 그때처럼."

갑자기 나는 그가 등을 돌리고 있다는 것이 기뻤다. 나는 우리가 그곳에서 속옷 바람으로 앉아 남자의 고추와 여자가 소변보는 곳이 어떻게 다른지 소곤거리던 그 시절을 떠올리며 크리스토퍼가 짓는 표정을 보고 싶지 않았다.

"좀 앉아라." 엘렌 아줌마는 갑판 끝 낡은 캠핑용 탁자에 놓인 세 개의 검정 접이식 의자를 가리켰다. "시원한 것 좀 가지고 올게." 그녀는 마실 것을 가지러 선실로 향했다.

나는 꼭 끼는 반바지 주머니에서 전화기를 꺼내어 탁자 위에 놓고 앉았다. 드러난 내 넓적다리에 닿는 검정 플라스틱이 불처럼 뜨거웠다. 내가 몸을 들썩일 때 의자가 삐걱거렸다. 꼭 방귀 소리 같았다.

크리스토퍼가 건너편에 앉았다. 마침내 그가 나를 쳐다보았다. "금요일에 집에는 잘 갔어?"

나는 잠시 뭔가 친근한 말, 그날 나를 도와줘서 고맙다는 말이라도 할까 생각했지만, 곧 그가 그런 친구들을 사귀는 바보라는 것을 기억했다.

"음." 나는 바다로 눈을 돌렸다.

"사람들이 네가 좀 과민하다고 생각해……."

"사람들?" 나는 다시 그를 봤다. "어떤 사람들? 네 친구들을 말하는 거야? 걔들이 다른 사람을 망신 주려고 접근한 건 내 잘못이 아니야. 네가 알아서 감당해."

그는 약간 눈을 찡그렸다. "뭘 감당하라는 거야?"

"네 친구들이 머저리들이란 거."

"와우."

"그리고 너도 그 연못가에 있었어." 나는 계속했다. "너도 여자애들을 물속에 빠트리고 있었잖아."

"그건 전통이야. 어떤 여자애들은 재밌어 한다고 생각하지 않니?"

"그래, 머리가 텅 빈 애들만."

"사람들에 대해 참 예쁘게도 말하는구나."

내 얼굴이 달아올랐다. "난 그냥 그…… 바보 같은 일 자체가 싫어."

그 순간 내 전화기가 울렸다. 요나스가 보낸 문자가 뜨며 화면이 밝아졌다. '내가 그렇게 보고싶으면, 네가 와!'

크리스토퍼도 몸을 숙여 세상에 가장 자연스러운 일인 양 그 문자를 읽었다.

"요나스." 그 이름을 되뇌며 말했다. "남자 친구야?"

나는 내 전화기를 얼른 품으로 가져왔다. "아니, 그냥 친구야. 남자와 여자도 친구일 수 있거든."

"나도 알아." 그가 돛대를 올려 보며 말했다. 어쩌면 들키지 않고 눈을 부라리는 기술인지도 모르겠다.

그때 엘렌 아줌마가 뭔가를 잔뜩 안고 나타났다. 우리 앞에 있는 탁자에 탄산음료 캔을 털썩 내려놓고 망설임도 없이 내 머리를 쓰다듬으며 손가락으로 머리카락을 빗었다.

"짧은 머리에 멜빵 바지를 입었던 내가 알던 그 개구쟁이는 어디 간 거야? 네 바지 무릎엔 늘 구멍이 나 있었는데. 그리고 그 뭐더라……."

"엄마, 추억 여행은 그만해."

"아주머니도 조금 달라지셨어요." 내 말에 그녀는 바로 자기의 엉덩이와 배를 만지며 정말 그렇게 보이냐며 지난해에 15킬로그램이나 뺐다고 말했다.

"세실은 잘 있니?" 아주머니는 크리스토퍼 옆에 있는 의자에 앉았다.

"잘 있어요."

"시험 때문에 많이 예민하지?"

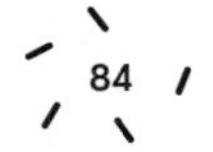

"다들 그렇지 않아요?"

"나는 아니야." 크리스토퍼가 말했다. 물론 그러시겠지.

"선행 학습을 시키는 애들에 관한 얘기는 전부 틀렸어." 아주머니가 말했다. "너희는 그냥 편안히 생각해. 인생은 성적과는 전혀 상관이 없으니까."

"네, 알아요."

"그런데 세실도 그걸 알고 있을까? 크리스토퍼가 그러는데……."

"엄마!" 크리스토퍼가 노려보며 그녀를 조용히 시켰다. 세실 언니가 없는 것이 다행이었다. 언니가 정말로 엘렌 아주머니를 한 대 쳤을지도 모르기 때문이다.

"음, 언니가 선행 학습을 하는 학생은 결코 아니에요. 언니는 다만…… 시험 치르는 걸 정말 싫어하는 거예요."

"있잖니, 좋은 생각이 났어." 아줌마는 흔들리는 탁자에 팔꿈치를 올려놓고 손으로 머리를 괴었다. "그냥 제안하는 건데……."

크리스토퍼가 신음을 냈다.

"아니야, 가만히 있어." 아줌마가 그를 때리며 말했다. "인생을 바꿀만 한 큰 경험을 했을 때 그걸 전달할 수 있다면 얼마나 좋겠니."

"뭔데요?"

크리스토퍼가 일어섰다. "나는 화장실 갈래."

"내가 하는 훈련 프로그램이 있어." 크리스토퍼가 선실로 사라지자마자 엘렌 아줌마가 말했다. "나는 명상 강사야. 전에 난 집과 직장에서 쳇바퀴 돌듯 온갖 일을 다 했어. 하지만 이젠 끝났단다. 난 행동하는 대신에 존재하기 시작했거든. 그 차이를 알겠니?"

"마음 훈련 수업을 한 번 들었어요. 세실 언니와 함께요. 그것과 같은 건가요?"

"아니." 그녀는 존재와 비존재의 차이점에 관해 설명하기 시작했는데 무슨 말인지 알 수 없었다. "세실이 관심 있어 하면 내가 명상을 통해 안내하고 싶구나."

나는 예의 있게 미소를 지었지만, 솔직히 뭐라고 말을 해야 할지 몰랐다.

"정말이야. 세실에게 물어 봐."

크리스토퍼가 선실에서 돌아왔다.

"목요일 어떠니?" 아줌마는 계속했다. "7시 반쯤? 차 한잔 마시는 걸로 시작하면 돼."

"엄마." 이번에는 크리스토퍼가 계속했다. "엄마의 도사 같은 헛소리에 사람들은 관심 없다는 걸 알아야 해. 다들 예의상 받아 주는 거야."

"얘는 내가 창피한가 봐." 아줌마가 그의 다리를 두드리며

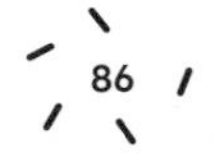

내게 말했다. "얘 친구들은 나를 '요다'라고 불러, 귀엽지 않니? 그럼, 목요일로 할까?"

나는 '세실 언니는 절대 찬성하지 않을 텐데'라고 생각했다.

"알겠어요. 재미있을 것 같아요." 나는 웃으며 말했다.

얼마 있다가 스벤 할아버지가 배에 올라왔다. 최소 75세는 됐을 텐데 건강해 보였고, 햇빛에 심하게 탔고 산타 같은 턱수염이 있었다.

"그래, 기억나는구나!" 할아버지가 탁자 앞에 서서 나를 가리키며 말했다.

"뭐였더라…… 루이스?"

"다시 생각해 보세요." 아줌마가 말했다.

"모니카?"

"아스트리드예요." 이름 맞추기 놀이가 정말 짜증난다는 듯이 크리스토퍼가 말했다.

"맞아, 그거다!" 스벤 할아버지가 다리를 탁 쳤다. "네가 그 소꿉 친구였지. 그래, 아주 선명히 기억 난다. 너하고 또 하나, 그 애 이름이 뭐였더라…… 그럼, 그 애가 루이스인가?"

내가 언니 이름을 말하자 환하게 웃으며 큰 소리로 말했다. "그럼, 손님이 오셨으니 슈냅스◆ 한잔할까?" 아무도 대답하지

◆ 네덜란드 진

않았는데, 할아버지는 선실로 사라졌다가 잠시 후에 글씨를 알아보기도 힘들 만큼 낡은 라벨이 붙은 짙은 술병과 커피 찌꺼기 냄새가 나는 작은 플라스틱 컵 4개를 가지고 왔다.

"그럼, 건배하자." 스벤 할아버지가 컵을 들고 우리에게 말했다. 집에서 담근 로즈힙 슈냅스인데, 처음에는 목구멍이 뜨겁더니 다음엔 뱃속이, 그리고 마지막으로 머리까지 따뜻한 기운이 돌았다.

"좋은가 보군." 할아버지는 내가 단숨에 잔을 비우는 걸 보고 흡족해서 말했다. "한잔 더하자!"

할아버지가 세 번째 잔을 따를까 봐 무서워서 두 번째 잔은 홀짝거리기만 했다. 그때 크리스토퍼 할아버지는 내게 나중에 뭘 하고 싶냐고 물었다. 나는 잘 모르겠다고 했다.

"난 늘 저널리스트가 되고 싶었어. 젊을 때 무언가에 열정을 쏟아야 한다는 걸 기억해라. 그렇지 않으면 나이만 먹고 엄청나게 후회할 테니까."

"아버지, 솔직히 말해서, 미래에 대한 아버지의 경고는 다 소용없어요. 젊은 애들은 젊게 살게 두세요."

"늙은이들은 늙게 살고." 할아버지가 엘렌 아줌마의 컵에 슈냅스를 더 부으며 덧붙였다. 스벤 할아버지는 여전히 서 있었다. 불현듯 내가 할아버지의 의자에 앉아 있을 가능성이 높다는 생각이 들었다.

"슈냅스 잘 마셨어요. 이제 가 볼게요."

"목요일에 보자." 엘렌 아줌마가 말했다. "7시 반, 잊지 마. 둘이 오너라."

"목요일요." 나는 되풀이했다. "전할게요."

내가 떠나려는데 크리스토퍼가 의자를 뒤로 밀고 일어섰다. "아이스크림 좀 사 올까?"

둑을 걸을 때 그림자가 따라왔다. 그의 것은 크고 내 것은 작았다. 갑자기 그의 그림자가 두 손으로 내 그림자를 밀었다.

"뭐 하는 거야?"

"너의 어두운 면을 좀 밀어낼까 하고."

"재미없어." 내가 말했다. 하지만 그림자로 미는 그 행동이 잠깐 나를 아찔하게 했다.

우리는 계속 산책로를 따라 걸었다.

"너네 할아버지 기억나. 언제나 그 빨갛고 오래된 벨벳 안락의자에 앉아계시지 않았어? 화창한 날에는 마당으로 끌고 나오기도 하셨지?"

"기억력 좋은데." 그는 어깨너머로 힐끗 보트를 보고 계속 말했다. "그린란드에 사는 내내 엄마는 늘 할아버지 걱정이었어. 매일 저녁 제대로 된 식사는 하시는지. 잘 씻기는 하시는지."

"식사하시는 것도 걱정했어?"

"할머니가 돌아가신 뒤로 할아버지는 누가 챙겨 주지 않으면 슈냅스와 청어 샌드위치만 드셨거든." 크리스토퍼는 어깨를 으쓱했다. "그래도 잘 지내셔."

"저 보트는 할아버지 거야?"

"응. 오래된 돛단배인데 엔진을 달았어. 안 그러면 엄마가 배로 어디도 못 가시게 할걸."

우리는 커다란 검정 래브라도를 목줄에 묶어 데리고 나온 젊은 커플을 지났다. 그 개가 우리 방향으로 달려오자 주인이 목줄을 잡아당겼다. 크리스토퍼가 내 쪽으로 붙었다.

"아직도 개를 무서워해?" 내가 물었다.

그는 잠시 대답을 못 하고 자기의 약점을 보여도 될지 고민하는 것 같았다. "침 질질 흘리는 무서운 개들만." 그는 찡그린 미소를 지으며 말했다.

이렇게 그의 옆에서 걸으니 잠깐 기분이 좋았다. 공기에서는 바다 내음과 감자튀김 냄새가 났고 희미하게 그의 체취, 남자 스킨과 깨끗한 땀 냄새도 났다. 나는 그에게도 내 냄새가 나는지, 그렇다면 나에게서 어떤 냄새가 날지 궁금했다.

그런데 그가 "세실은 정확히 뭐가 문제인 거야?"라고 묻는 바람에 좋은 순간을 망쳤다. 그리고 내가 답을 하기도 전에 "심리적인 문제란 건 알아. 나도 바보는 아니거든. 우울증인가?" 했다.

그가 혼자 얘기를 꺼내고 답도 해서 내가 갖가지 거짓말로 둘러대지 않아도 되는 건 다행이었지만 여전히 내 마음은 덜컥 내려앉았다.

"언니는 불안증이 있어. 여러 단계가 있는데 지금은 나쁜 상태야."

"그렇구나." 그는 전혀 놀라는 것 같지 않았다. "얼마나 오래된 거야?"

"몇 살 때였냐하면……." 나는 거꾸로 세어봤다. "열다섯 살 때였어. 처음엔 복통이 사라지지 않았어. 엄마가 언니를 데리고 많은 검사를 했지만 결국 의사들의 말은 심리적인 문제라는 거였어. 의사들은 계절성 정서장애일 거라고 했지만 증세는 없어지지 않았지. 그러다가 언니는 등교 같은 일에 소란을 피우기 시작했어. 언니는 그냥 뭐든 하기에 너무 에너지가 없어. 아무것도 감당하지 못해. 언니는 그냥……." 나는 어떻게 시작했었는지 되짚어 보다가 내가 거의 잊고 있었던 것을 기억함으로써 감정이 북받쳐 오르지 않도록 여러 번 눈을 깜박였다.

"그냥 멈췄어."

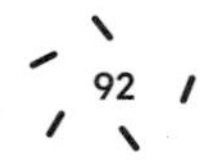

"그래도 고등학교는 해냈잖아. 아니, 곧 끝난다는 말이야. 물론 모든 과목을 시험 보라고 하지 않는다면 말이야. 그런 건 아니지?"

"아니야, 간신히 통과했어."

"운 좋은걸." 그의 표정이 확신하는 것 같지는 않았다. "자주 집에 일찍 가거나 수업 중에 사라지는 것 같던데. 사람들이 그러는데……." 그는 말을 멈추었다 다시 계속했다. "반 애들은 전부 세실이 안 됐다고 생각해. 아무도 세실이 편하게 산다거나 재미로 수업을 빠진다고는 생각 안 해. 그냥 그렇다고."

"다행이네." 내 목소리에 힘이 없었다. 그가 나를 흘끗 봤다.

"돕고 싶어. 내가 할 수 있는 일이 있을까?" 그는 언니를 도울 수 있는 일이 있다고 정말로 믿는 것처럼 말했다. 한편으로는 참 다정하게 들렸다. 또 한편으로는 거슬리도록 순진했다.

"어쩌면 내가 다가가서 말을 걸어야 했을지도 몰라. 그런데 말이야……." 그가 얼굴을 찡그렸다. "너도 알잖아."

사실 난 모르겠다. 누군가 과자라도 씹어먹으며 언니 책상에 털썩 앉아서 주말은 어떻게 지냈는지 물을 수 있는, 언니가 그런 타입은 아니었다. 그렇지만 언니는 그의 친구였지 않은가. 무슨 말이라도 할 수 있었다.

"그런 걱정은 하지 마." 내 목소리가 무시하는 투로 들렸다.

다행이었다. "언니는 내일 심리 상담사 만나."

"그럼 전문가 도움을 받는 거야?"

"응." 나는 전에도 상담 치료를 받았다고, 상담을 받고 2주 뒤면 효과가 없어진다고 설명할 힘이 없었다. "하지만 언니는 상태가 나쁠 때는 그냥 혼자 내버려 두길 원해. 언니는 나랑 엄마랑만 있고 싶어 해."

"너희 아빠는?"

우리 둘이 아이스크림을 먹는 커플을 피해 옆으로 비키느라 그는 자기가 바보 같은 질문을 해서 변한 내 표정을 보지 못했다. 다시 걷기 시작할 때 그가 물었다. "부모님은 지금도 함께 사시는 거 맞지?"

"응. 아빠는 그런 일에 그다지 역할이 없어."

"무슨 일에 역할이 없다는 거야?"

"내 말은…… 한편으론 아빠가 이해하기를 포기한 것 같은 느낌이야."

우리는 아이스크림 가게 앞에서 멈췄다.

"화 안 나?"

"누구한테, 아빠 말이야?"

"응. 이해하려고 노력하시지 않는다며?"

"모르겠어. 그냥 그렇다고. 이해하지 못하는 걸 억지로 이해하게 할 순 없잖아."

"어른이잖아. 아빠이기도 하고. 당연히 할 수 있지. 그러니까 노력해 보시라고 해도 돼."

"말로는 쉽지."

그는 내가 세상에서 가장 복잡한 수수께끼를 낸 표정으로 한동안 나를 뚫어지게 봤다. "나는 내가 무슨 생각을 하는지 생각해 보려고 하지 않는 사람들하곤 끝이야." 그는 한 걸음 앞으로 움직였다. 울어대는 사내아이를 데리고 있는 한 엄마 뒤로 가 길게 늘어선 아이스크림 줄에 섰다. "너무 게으른 거야." 그는 계속했다. "나를 이해하기 거부하는 사람들을 내 인생에 공짜로 들여놓을 수는 없지."

"그래, 알았어."

"지금 너는 내가 위선자라고 생각하지? 내가 세실에게 어떤지 한 번도 물어보지 않았으니까. 그렇지만 나는 더 나은 사람이 되려고 정말 노력하고 있어. 이 순간에도 노력하고 있고."

나는 솔직히 그 말에 무슨 말을 해야 할지 몰라 그냥 그를 쳐다봤다. 하지만 그가 나를 웃기려고 한 말 같지는 않았다.

"나는 다른 사람들을 이해하고 싶어." 그는 너무 진지하게 말을 이었다. "왜 사람들은 그런 행동을 하는지. 아니면 하지 않는지."

"넌 누군가를 이해하거나 이해하지 않는 것이 선택할 수 있는 일인 것처럼 말하네."

"그럼 아니란 말이야?" 그가 줄에서 한 걸음 앞으로 갔다. 나는 아스팔트 위 내 자리에 그대로 있었다. "뭐가 그렇게 힘든지 너희 아빠한테 물어보는 건 어때?"

화난 사내아이를 데리고 있는 엄마가 우리 쪽으로 반쯤 돌아섰다. 아이가 손아귀에서 벗어나려고 버둥거릴 때 우리 말을 들은 것이 분명했다. 내 얼굴이 달아올랐다.

"너한테는 쉽겠지. 네 세상에서는 모든 것이 참 간단한 것 같네."

"그렇게 생각해?"

"응. 그럼 난 이만 갈게."

"목요일에 봐." 내가 등을 돌릴 때 그가 말했다.

월요일 아침, 나는 세실 언니와 함께 대기하고 있었다. 우리는 소파 양 끝에 앉았고, 무릎에는 컴퓨터를 올려놓고 있었다. 나는 요나스와 메신저에 들어와 있었다. 10시에 시험 정보가 업데이트되면 우리가 무슨 시험을 보는지 알 수 있었다. 내 손가락은 매초 마다 F5 키를 누른다. F5. F5. F5.

드디어 떴다.

"사회!"

사회나 생물, 아니면 무시험이었지만, 무시험이면 내년에 추가 시험이 있다는 뜻이었기에 사회인 것이 나는 기뻤다. 하지만 요나스는 똥모양 이모티콘을 쏟아 보냈다. 반 전체가 같은 시험을 본다.

나는 고개를 들었다. 세실 언니의 얼굴은 병원 침대보처럼 하얬다.

"언니는 뭐야?" 내가 물었다.

내게 말을 하는 언니 목소리가 약하게 떨렸다. "물리, 불어, 생물, 영어, 역사……."

"그 정도면…… 그 정도면 괜찮지 않아?"

"역사를 마쳐야 졸업 모자를 쓸 수 있어. 어떡해, 망했어!" 언니 눈에 눈물이 차올랐다.

나는 컴퓨터를 탁자에 내려놓고 언니에게로 가 머리카락을 쓰다듬었다. 언니의 머리카락이 오늘은 약간 기름진 것 같았다. 나는 언니를 아주 가까이서 보고 있었다. 콧구멍은 빨갛고 속눈썹은 부드럽고 젖어 있었으며 화장기 하나 없었다.

"괜찮을 거야. 잘 해낼 거야."

"난 역사를 너무 못해. 날짜를 정말 못 외우겠어. 물리 시험도 보기 싫어. 물리 선생님이 날 싫어한단 말이야."

"아니야, 언니는 물리 잘하잖아. 완전 물리의 신인걸!"

언니는 눈물이 그렁한 채 웃었다. 나는 이 미소의 순간을 포착해서 말했다. "그리고 오늘 상담사 만나면 언니 가슴속에서 떨쳐 버리고 싶은 일들을 내려놓을 수 있어. 언니를 괴롭히는 일 다 털어놔. 알았지?"

언니는 조용해졌다.

"오늘인 거 잊지 않았지? 엄마가 4시에 데려다줄 거고 내가 약속……."

언니가 내 말을 잘랐다. "알고 있어."

마음 한편으로는 언니에게 작년에 어떻게 끝이 났는가를 상기시키며 설명하고 싶었다.

"상담사가 젊다고 엄마가 그랬지?"

세실 언니는 손가락으로 얼굴을 닦았다. 눈 밑을 세게 문질렀다. 상담 얘기에 언니 신경이 곤두서는 것을 느낄 수 있었다. 보이지 않는 신체적 저항이 언니 마음속에서 일어나는 것이다.

"상담사에게 기회를 줘 봐. 그 사람들은 언니를 도와주려고 있는 거야."

"그래, 그래." 언니는 세게 코를 훌쩍였다. "하지만 너도 모르는 사람 앞에 앉아서 너의 가장 깊은 생각과 감정을 얘기해야 한다고 생각해 봐."

"맞아. 재미있을 것 같지는 않아."

덧붙이고 싶은 말은 많았다.

하지만 그만뒀다.

엄마가 2시 반에 전화를 걸어 지금 회사에서 떠나니까 언니와 출발하기 전에 함께 차 마실 시간은 있다고 말했다.

"언니는 지금 자."

"잘 됐다. 내가 집에 가서 깨우면 되겠어."

엄마는 3시 조금 전에 문으로 들어오며 오늘 하루는 어땠느냐고 물었다. 나는 괜찮았다고 말했다. 언니가 치를 시험과 내가 치를 시험을 말해 줬다. 우리는 세실 언니가 15분 더 자도록 두고 식탁에 서서 차를 마셨다. 그리고 우리는 언니 방으로 갔다. 엄마는 블라인드를 조금 열었다. 언니가 침대에서 돌아누우며 신음을 냈다.

"아가?" 엄마는 침대에 걸쳐 앉았다. "시간이 다 됐어. 지금 일어나야 시간 맞춰 갈 수 있어." 세실 언니는 꼼짝하지 않았다. 엄마의 손가락이 언니 머리카락을 따라 자세히 살피듯이 천천히 미끄러지는 것을 보자 갑자기 내 심장이 뛰기 시작했다. 언니 머리가 기름졌다. 잠자러 가기 전에 샤워하라고 했어야 했는데, 이제는 너무 늦었다.

"언니." 나는 침대 끝에 있는 언니 발가락을 잡고 꾹 주물렀다. "내가 머리를 손질해 줄게, 일어나."

드디어 세실 언니가 이쪽으로 돌아누우며 눈을 떴다. "오줌 먼저 누고."

나는 목욕탕에서 빗으로 언니 머리를 빗겼다. 언니의 엉킨 머리카락을 풀고 향기 나는 드라이 샴푸를 엄청나게 뿌리자 언니가 발작적으로 기침을 했다. 언니는 거울 속 자기 모습을 보지 않았다. 언니는 내내 세면대를 내려다보고 있었다.

"얘들아, 지금 출발해야 해." 엄마가 문간에서 말했다.

"화장실 먼저 가야 해." 언니가 말했다.

"방금 가지 않았어?"

언니가 엄마를 쏘아보자 엄마가 말했다. "미안, 당연히 화장실은 가야지."

세실 언니는 목욕탕 문을 닫고 나는 엄마와 함께 부엌으로 갔다.

"너도 갈래?"

언제나 이런 식이었다. 상담이 끝날 때까지 한 시간 내내 터벅터벅 왔다 갔다 걸으며 기다려야 한다는 뜻이었다.

"내가 가면 좋겠어?"

"꼭 가야 한다는 건 아니야. 원하면 그러자는 거지." 엄마는 땀을 흘리며 웃음을 보였다. 엄마의 겨드랑이에 짙은 땀 자국이 보였다.

"당연히 나도 가야지."

2분이 지났다. 3분. 우리는 물 내리는 소리를 기다리고 있는데 소리가 나지 않았다. 우리 둘 다 저 닫힌 문 뒤에서 무슨 일이 일어나는지 궁금해지기 시작했다. 언니는 아직도 거울 앞에 서서 세면대를 내려다보고 있는 걸까? 욕조에 걸터앉아 호흡법을 하고 있는 건가? 4시까지 몇 분 안 남았을 때 우리는 복도로 갔고 엄마가 목욕탕 문을 노크했다.

"아가? 준비됐어?"

"아니."

"시간이 거의……."

"재촉하지 마!"

"알았어. 그런데 곧 출발해야 해, 알았지?"

대답이 없었다.

우리는 복도에서 기다렸다. 4시 2분. 작고 하얀 건물까지 차로 20분 걸린다는 것을 나는 알았다. 세실 언니의 상담 예약 시간은 4시 반이었다. 엄마가 조심스럽게 다시 문을 두드렸다. 나는 부엌으로 갔다. 모든 일이 슬로우모션으로 일어나는 사고 같았다. 차마 눈 뜨고 볼 수는 없지만 듣지 않을 수는 없는.

"세실? 지금 떠나야 해."

"나, 배 아파."

"진통제 줄게."

"그렇게 아픈 배 아니야!"

"그래 알겠어. 그럼 어떻게 아픈데?"

"제발 문에서 멀리 떨어져 있을 수는 없어?"

엄마가 부엌으로 왔다. 엄마의 얼굴은 목욕탕에서 오는 길에 표정을 떨어뜨리고 온 사람처럼 텅 비어 있었다. 나는 말문을 잃었다. 그저 아침 식사 때 쓴 커피잔을 치우기 시작했다.

아빠는 저녁 준비가 끝나갈 무렵이 돼서야 집에 왔다. 엄마는 조리대에 있었고 나는 식탁을 차리고 있었다.

"오늘 어떻게 됐어?" 아빠가 물었다.

"나는 사회과목만 떴어."

"정말? 음…… 잘 됐구나!"

나는 아빠가 그걸 묻는 게 아니란 걸 깨달았다.

아빠는 내게 짧게 웃어 보이고 볼에 난 수염을 긁적였다. "심리 상담은 어땠어?"

"어쩔 수 없이 취소했어." 엄마가 조리대에서 팬에 소금을 갈아 넣으며 말했다. "세실이 배탈이 나는 바람에."

"배탈이 났다고?"

"응. 배에 탈이 났어." 엄마는 침착하게 다시 말하며 소금병을 제자리에 놓고 후추를 집어 들고 소스팬 뚜껑을 달그락거렸다.

"그럼 이제 어떻게 할 거야? 지난 12월에 두 번 빠진 것까지 하면 3천 크로네를 버린 셈인데?"

"여기서 당신이 가장 걱정하는 게 돈이라면 미안하게 됐어."

"물론 난 돈도 아까워. 받지도 않는 서비스에 돈을 낼 생각은 없거든. 당신도 그렇지 않아?"

엄마는 대답하지 않고 물병을 채워 나에게 건넸다. 나는 물병을 받아 식탁에 놓았다.

아빠는 포기한 듯 두 팔을 들며 말했다. "내가 가서 얘기할게."

"토마스." 엄마가 문을 가로막고 섰다. "애 상태가 안 좋아."

"나도 알아." 아빠는 단어마다 힘을 주어 말했다. "그러니까 어떻게 해서든 상담을 받아야 하는 거야." 아빠는 엄마가 움직일 때까지 계속 엄마를 노려봤다.

나는 식탁에 마지막 물 잔을 놓았다. 그리고 조용히 복도로 나왔다. 나는 책장에 기대어 아빠가 세실 언니의 방문을 한 번 노크하고 대답을 기다리지도 않고 문을 여는 것을 봤다.

"배가 어떻게 안 좋다는 거니?" 아빠 말투는 단호했다.

내겐 언니의 대답이 들리지 않았다.

"그래, 상담을 가는 게 중요해. 혼자서 가는 것도 아니고 엄마가 같이 가잖아." 아빠가 몇 걸음 안으로 들어갔다. 나도 따라서 방 가까이 가니 아빠가 보였다. 언니의 대답을 듣는 아빠는 찡그리고 있었다. "아니, 나도 그건 이해해. 하지만 때로는 이 악물고라도 네가 한 약속은 지켜야 하는 거야. 네 인생에 조금은 책임감을 가져. 우리가 할 수 있는 한 너를 돕고 있지만 너도 네 몫은 해야 해. 너도 열아홉 살이야, 세실. 다 큰 성인이라고."

이제 언니의 울음소리가 분명하게 들렸다.

심장이 뛰었다. 나는 크리스토퍼가 한 말, 이해하는 것은 선택의 문제라는 말을 생각했다. 하지만 지금 언니의 마음이 어떤지 내가 안다고는 확신할 수 없지만, 내가 이해하고 싶어 한다는 건 알았다. 단지 이해할 수 없을 뿐이었다.

갑자기 엄마가 급히 내 옆을 지나 방으로 들어갔다.

"꼭 지금 얘기를 해야 하는 건 아니잖아." 엄마가 침대 끝에 앉았다. 여전히 세실 언니는 보이지 않았다.

"그럼 어떻게 하자는 거야?"

"내 생각엔 한 번에 한 가지만 집중하는 게 제일 좋을 것 같아. 지금 당장 문제인 건 시험이야. 아스트리드도 지금은 시험공부 기간이고…… 둘이 같이 공부하고 있다고."

나는 아빠가 입 밖으로는 낼 수 없는 무언가를 생각하고 있다는 것이 보였다.

"여름방학 후에 상담을 다시 시작하면 돼. 그때도 의미가 있다면 말이야." 엄마가 말했다.

그리고 아빠가 그 자리를 떠났다. 방에서 나와 나를 지나 현관으로 나갔다. 아빠 뒤로 문이 쾅 닫혔다.

이를 닦고 세실 언니 침대로 들어갔다. 언니 이불을 턱까지 당겼을 때 젖은 이불에서 언니 눈물 냄새가 났다. 마음이 아팠다. 언니가 어떤 도움도 받지 못하고 있다는 생각에 마음이 더 꽉 조여들었다. 언니는 우리밖에 없는데.

“난 제대로 하는 게 한 가지도 없어.” 어둠 속에서 언니가 말했다.

“아니야, 언닌 할 수 있어.”

“나는 어린애 같아.” 언니가 울고 있었다.

“아니야, 그렇지 않아.”

“난 내가 싫어. 나는 왜 정상이 아닐까?”

“언니는 아무 문제 없어.”

하지만 갑자기 그 말이 내가 수년 동안 연습한 대사처럼 느껴졌다. 말을 전달하는 기술은 점점 좋아졌지만, 내 말에 확신은 점점 줄어든 것 같았다.

나는 언니가 그걸 몰랐으면 좋겠다.

그걸 알면 얼마나 끔찍할까.

목요일 아침이 되어서야 나는 엘렌 아줌마의 초대를 전달했다. 어차피 미리 알려 줄 필요가 없었다. 세실 언니는 며칠 후에 있을 일에 마음을 쓸 수 없는 사람이었다.

"명상?" 언니는 마치 내가 2주 동안 인디언 한증막에 가자고 제안한 것 같은 표정으로 말했다.

"스트레스 같은 거 해소하는 데 좋을 거야."

지난 이틀 동안 우리는 책 읽는 좀비들처럼 집 안을 돌아다녔다. 추리닝 바지에 화장도 안 하고 정해진 일정도 없었다. 세실 언니는 잘 지냈다. 이렇게 아무렇게나 지내는 것이 언니에게 잘 맞는 것 같았다. 하지만 나는 요나스와 문제가 있었다. 우리는 화요일에 만나 인터레일 여행 계획을 짜기로 했는데, 언니가 물리 수업 목록에서 못 보고 지나친 부분 때문에 약간 흥분하는 탓에 금요일로 약속을 옮겨야 했다.

"엘렌 아줌마한테 내 얘기 뭐라고 했는데?"

"그냥 언니가 시험을 싫어한다고만 했어." 나는 언니의 눈길을 피하며 크리스토퍼에게 뭐라고 했는지 묻지 않기를 바라며 내 머리카락을 당겼다. "그냥 우리를 보고 싶어서 그러시는 거야." 나는 덧붙였다. "내 생각엔 그래."

"왜?"

"재미있을 거라고 생각하시는 게 아닐까?"

"하지만 크리스토퍼도 집에 있으면 어떡해?"

"글쎄, 그러면 어떻게 하지?"

언니는 머리카락을 조금 입에 넣고 빨았다. "처음에 어떻게 하다 그 배에 간 거야?" 이야기가 어떻게 시작된 건지 갑자기 궁금하다는 듯이 물었다. 일이 이상하게 벌어지긴 했다. 언니에게 이야기해야겠다.

"엘렌 아줌마가 항구에서 나를 봤어. 그리고 초대해 주신 거야."

"그렇구나. 네가 화가 난 그날이었네."

"뭐? 나, 화나지 않았어."

"맞아, 내가 크로켓 게임하기 싫어해서 네가 화났잖아. 그리고 밖으로 나가서는 두 시간 동안 집에 안 왔었어." 언니는 나를 똑바로 바라보며 이야기했다. 언니 눈을 피하고 싶었다.

얼굴이 점점 뜨거워지는 것을 느끼면서도 나는 억지로 언니 눈을 마주 보았다.

"나도 그런 건 느낄 수 있어. 네가 나한테 질려 할 때."

"나 정말 화 안 났었어." 할 말이라고는 이 말밖에 생각나지 않았다.

"어쨌든, 변명거리를 생각해 봐." 언니가 말했다. "바쁘다고 해."

"시험공부 기간인데? 우리가 시간이 많다는 거 다 아셔."

"그럼, 아프다고 해."

"둘 다 아프다고 해?"

"뭐든 간에 못 간다고 말씀드려. 아무 거짓말이라도 해."

"아니면 그냥 가보는 건 어떨까?" 내가 제안했다. "한 시간이면 될 것 같은데, 응?"

"너, 크리스토퍼가 보고 싶구나, 맞지?" 언니는 발로 나를 쿡 쳤다.

"약속한 건 지켜야 한다고 생각하는 것뿐이야." 내가 꼭 아빠처럼 말한다는 걸 깨달았지만, 너무 늦었다.

"알았어, 그럼 너는 가." 언니가 부루퉁해서 말했다. "사람들에게 거절하는 법을 정말 모르겠다면 말이야."

그날 저녁 나는 일부러 늦장을 부렸다. 밥을 아주 천천히 먹고, 설거지를 자진해서 하고, 부엌에서 꾸물거리고, 텔레비전을 보고, 소파에 털썩 주저앉아 언니가 부탁하지도 않았는데 언니 발을 주무르기 시작했다.

"곧 나가야 하지 않아?" 내가 한쪽 발을 주무르고 다른 쪽도 주무르고 다시 다른 발로 돌아왔을 때 언니가 물었다.

엄마가 빨랫감을 한 아름 안고 지나갔다. "어딜 가는데?"

"아스트리드가 데이트 약속이 있어." 언니 말투가 이상했다.

약간의 비웃음.

약간의 아픔.

"데이트 아니야." 나는 똑바로 앉으며 말했다. "엘렌 아줌마, 옛날에 옆집 살던 분 있잖아, 그분이 명상 수업에 날 초대했어."

"엘렌? 크리스토퍼 엄마 말이야?" 엄마는 좀 혼란스러워 보였다.

"맞아." 나는 엄마가 더 물어볼까 봐 자리에서 일어서며 말했다. "인사 전해 줄까?"

문을 여는 순간 엘렌 아줌마는 내 뒤에서 뭔가를 찾는 듯이 목을 뺐다. "세실은 안 왔니?"

"언니는 컨디션이 좋지 않아서요."

"또 아픈 건 아니지?"

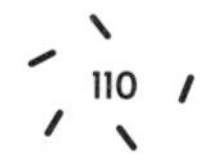

"또요?"

"그게, 마지막 수업 날에 세실이 아팠다고 크리스토퍼가 그러기에." 그녀는 나를 집 안으로 들였다. "그래도 네가 와서 좋구나. 시작하기 전에 차 한잔할까?"

그녀는 나를 응접실로 안내하며 방 안을 빠르게 훑는 내 눈빛을 보고는 말했다. "크리스토퍼는 아직 안 왔어."

"아니에요." 나는 내가 크리스토퍼를 궁금해했을 거라는 아줌마 생각에 깜짝 놀란 척하며 말했다.

우리는 소파에 앉아 신선한 잔디 맛이 나는 차를 마셨다. 그 집은 작고 동굴 같았다. 창틀 가득 많은 화초가 있어 바깥이 하나도 보이지 않았다. 우리 뒤쪽 벽에는 큼지막한 추상화가 걸려 있는데 빨강, 주황, 짙은 검정이 캔버스에 내던져진 듯한 모양이 색깔 있는 긴 혀 같았다.

"그림, 멋있어요." 나는 그림을 가리켰다. "정말 맘에 들어요."

"그린란드 예술가야." 차를 조금 마셨다. "부티 페데르센."

"거기 사시는 거 좋았어요?" 내가 물었다. 그때 그들이 다시 온 이유가 머리에 떠올랐다. "자연이 아름답지 않았어요?"

"그린란드의 어떤 부분은 상상도 못할 만큼 아름답지." 아줌마가 말했다.

"꼭 가봐야 해. 그런데 어떤 부분은…… 그렇게 아름답지는 않아." 아줌마의 시선이 공허해졌다.

나는 어른들에게는 물을 수 없는 질문을 하고 싶은 충동을 느꼈다. 그들이 우리 옆집에 살았을 때는 행복했는지, 남편을 사랑했는지, 그린란드에서는 마음이 편한 적이 있었는지, 그것이 문제였는지.

"크리스토퍼가 그린란드를 그리워하는 것 같아요?" 대신 이렇게 물었다.

"아빠를 보고 싶어 하는 것 같아." 아줌마가 차를 더 따랐다. 아뿔싸. "그래도 이곳에 잘 적응하고 있어. 내가 바랐던 것보다 더 잘 지내지. 친구가 많아서 누가 누군지도 모를 지경이라니까. 걔는 늘 파티에 가느라 바빠. 이제는 좋은 여자친구만 찾으면 될 것 같아."

나는 그 말에 뭐라고 해야 할지 몰라 아무 말도 하지 않고 잔디향 나는 차를 몇 모금 마셨다.

"너희가 어렸을 적엔 크리스토퍼하고 세실이 잘 되는 웃긴 생각도 했었어. 그런 거 있잖니……. 지난 얘기 하면서 행복할 것 같은 생각. 우리가 함께 지낸 시절이 있으니까. 지난 얘기는 커녕 아침 식탁에서 무슨 말을 해야 할지도 모르는 낯설고 말 수 없는 애를 데려오겠지."

"아, 네……." 나는 아줌마의 말뜻을 완전히 이해한다는 듯이 말했다.

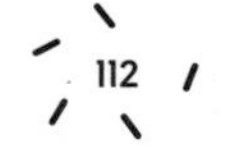

"넌 아는 게 있니? 캐물으려는 건 아니지만 크리스토퍼가 아무것도 얘기하지 않아서 말이야. 걔가 세실하고 한 반인 데다 예전에 사이도 좋았고 해서, 내 생각에……."

"그때는 어렸잖아요. 사람들은 변해요."

엘렌 아줌마가 나를 살피며 소파 등에 기대어 앉았다. "그래, 네 말이 맞다. 사람들은 변하지."

내가 힘들게 두 번째 잔을 비웠을 때 엘렌 아줌마가 나보고 바닥에 누우라고 했다. 나는 방 여기저기 둥둥 떠 있는 얼음처럼 흩어져 있는 작고 하얀 가죽 양탄자 중 한 군데에 누웠다.

"눈을 감으세요." 내가 눈을 감지 않자 "감아요"라고 다시 말했다.

나는 낯선 집에 누워 눈을 감는 게 얼마나 이상한 기분인지 미처 몰랐다. 깊이 자리한 생존 본능이 내 몸에 조심하라고 말하는 것이 분명했다. 나는 힘주어 눈을 감고 계속 감고 있으라고 나 자신에게 자꾸 알려 줘야 했다.

"일반적인 긴장 완화로 시작합니다. 그다음에 명상으로 넘어갈게요."

그녀가 소파에서 일어나 어딘가로 움직일 때 내게로 훅 바람이 불어왔다. 잠시 후 팬파이프 소리 같은 음악이 방 안에

깔렸다.

"당신의 몸과 그 아래 바닥이 닿는 곳에 집중합니다." 아줌마가 말했다. "몸 구석구석에 닿는 호흡에 집중합니다. 생각하지 말고 그냥 집중합니다. 숨을 들이쉬고 내쉽니다. 집중이 흩어진다고 느낄 때마다 그 생각을 버리고 호흡으로 돌아갑니다. 호흡은 당신의 닻과 같습니다. 생각은 미끄러지듯 당신을 지나가는 물결에 지나지 않습니다. 당신은 바다입니다."

나는 바다가 된 나를 상상했다.

크고 거품이 이는 어둠.

하지만 내게는 모든 것이 너무 우스웠다. 내 생각은 단단히 현실에 들러붙어서 어디로든 빠져들기를 거부하고 있었다. 내 마음은 세실 언니에게로, 내가 언니에게 화가 났을 때 언니가 느낄 수 있었다고 말했던 것으로 향했다. 그리고 언니는 지금 뭘 하고 있을까, 궁금했다. 침대에 누워 있을까, 아니면 부모님과 거실에 앉아 있을까? 내가 나와서 슬플지도 모르겠다. 내가 약속을 취소하지 않아서 실망스러울지도 모르겠다. 그리고 여기 낯선 집의 차가운 바닥에 누워 바다인 척하는 것이 나는 왜 그렇게 중요한 걸까?

"호흡에 집중하는 마음이 다시 생각으로 향했다고 느꼈다면, 다시 호흡에 집중하도록 자신을 안내합니다. 숨을 들이쉽니다. 내쉽니다."

물론, 언니 없이 뭔가를 하고 싶어 해도 괜찮다는 것을 안다. 단지 지금 당장은 자석처럼 당기는 힘이, 언니가 나를 얼마나 원하는지 강하게 느껴진다.

"이제 호흡에 집중하던 것을 아래로 천천히 움직여 당신의 배로 안내합니다."

배.

팔.

다리.

발.

내 몸이 무겁게 느껴지기 시작했다. 조금씩 조금씩 모든 것이 사라지고 팬파이프 소리만 남았다. 내가 깨어 있다는 것은 알았지만, 이 낯선 곳이 어디인지는 잊어버렸다.

"아스트리드?" 부드러운 아줌마의 목소리에 나는 움찔 놀라고 말았다. 내가 얼마 동안 졸았는지 모르겠다.

"그대로 가만히 누워서 의식을 깨우도록 해. 나는 찻물을 좀 끓여야겠다."

아줌마가 지나갈 때 바람이 이는 것을 느꼈다. 부엌에서 나는 주전자 소리, 희미한 덜그럭 소리, 문이 열리는 소리가 들렸다. 눈을 뜨고 싶지 않았다. 이곳에서 존재함과 존재하지 않음 사이 중간에 누워 있고 싶었다.

그때 이상한 느낌이 들었다.

눈을 떴다.

"안녕." 2미터도 안 되는 곳에서 크리스토퍼가 말했다. 그가 모로 누워 바닥에 댄 한쪽 팔에 머리를 받치고 있었다. 내 얼굴을 보며 웃고 있었다.

"거기에 얼마나 누워 있던 거야?" 나는 벌떡 일어나 쿵쾅거리는 심장으로 손을 가져갔다. 그의 시선이 내 손을 따라왔다. 나는 재빨리 손을 거두었다.

"조금 됐어. 좋은 꿈 꿨어?"

"꿈꾼 거 아니야. 잠들지 않았으니까."

"너, 잤어. 자면서 입맛을 다시기까지 했는걸."

엘렌 아줌마가 손으로 찻잔 두 개를 들고 돌아왔다. 바닥에 있는 우리를 보고 미소를 지었다. 잠시 가만히 있더니 "위층에서 마실래?"라고 물으며 처음부터 우리 주려고 가지고 왔다는 듯이 찻잔을 내밀었다.

크리스토퍼의 방은 용마루 아래 있었다. 벽이 비스듬했다. 침대를 빼면 앉을 데는 없지만 공간은 넓었다.

"나는 안 마셔." 그가 서랍장 위에 잔을 놓고 침대에 앉았다.

"난 벌써 두 잔이나 마셨어." 나도 잔을 내려놓았다. "그 정도면 충분해."

"우리 엄마는 세상 사람들이 다 밀싹과 스펠트밀만 먹고사는 꿈을 꾸는 게 아니란 걸 몰라. 난 미트볼 금단 증세가 심하다니까. 이것저것 넣은 거 말고, 진짜 덴마크식 미트볼. 이 집에선 냄새도 맡을 수가 없어."

"가끔 네가 만들어 먹으면 되잖아?" 내가 말했다.

"요리를 못 하는데?"

"그럼 배워."

"너무 게을러서."

"세상에서 제일 만들기 쉬운 게 미트볼이야. 내가 금방 알려줄 수 있어. 끽해야 10분!"

"약속했다." 그가 손을 내밀고 그대로 있어서 나는 그 손을 잡고 악수를 했다.

어떻게 이렇게 됐는지 모르겠지만, 갑자기 우리의 미래에 미트볼 데이트가 생겼다.

"뭐 할래?" 그가 침대 아래에서 노트북을 꺼내며 물었다. "영화 볼까?"

그 말에 나는 안심했다. 얘깃거리가 생각날 때까지 말똥말똥 서로 쳐다보기만 하지 않아도 돼서 다행이었다.

그가 가만히 화면을 보더니 다시 고개를 들었다. "그리스Grease 어때?"

"그리스?"

"여자애들이 다 좋아하는 영화 아니야?"

"그리스를 여자들 영화라고 하면 안 되지. 말도 안 돼."

"누가 그리스를 나쁘게 얘기할 수 있겠냐?" 그는 약간 혼란스러운 듯 웃었다. "고등학교 시절을 그린 아주 기분 좋아지는 영화잖아, 안 그래?"

"자, 첫째, 성 역할. 늘 섹스만 생각하는 자신만만한 남자애와 오직 사랑만 생각하는 얌전한 체하는 여자애? 왜 여자가 섹스에 대해, 남자가 사랑에 대해 생각할 수 없어?"

"대니는 둘 다 생각하는 것 같은데? 사실, 난 샌디도 섹스에 꽤 관심 있는 것 같았어. 마지막 부분 안 봤어?"

"마지막 부분? 말도 꺼내지 마!" 나는 그렇게 말해 놓고 다시 이야기를 시작했다. "왜 꼭 그 여자가 변해야 해? 왜 있는 그대로의 모습으로는 안 되는 거지?"

"남자를 위해 바뀐 거잖아. 로맨틱하지 않냐?"

"남자를 위해 변한 게 로맨틱하다고 생각해?"

그가 어깨를 으쓱했다. "난 그냥, 그 남자는 여자가 그를 원한다는 걸 보여 주길 바라는 것 같아. 여자는 늘 안 그런 것처럼 굴었으니까."

"그래서 남자가 사랑하게 하려면 여자는 옷 입는 스타일을 바꾸고, 파마도 하고, 담배도 배우면서 '날 가져요'라고 온몸으로 말해야 한다는 거야?"

"야, 해피엔딩이잖아."

"완전 성차별적인 영화지! 거기다, 30년이나 됐고, 미투 운동을 논하기도 너무 오래된 영화인데, 여전히 많은 10대가 그 영화를 본다고."

"아이고야, 그냥 '곰돌이 푸' 만화 영화나 볼까?"

"그리스만 아니면 아무거나."

"그래, 알았다고." 그는 약간 짜증이 난 것 같았다. 바로 그때 컴퓨터에서 스카이프 전화벨이 울렸다. 그는 내게서 화면을 돌리며 수신을 눌렀다.

"여보세요, 오늘 잘 지냈니?"

나는 크리스토퍼 아빠를 어렴풋이 기억했다. 집에는 언제나 엘렌 아줌마 아니면 할아버지가 있었지만, 그래도 말할 때 약간의 억양과 리듬이 있는 그 목소리는 기억했다.

"해변에서 공부했어요. 근데 아빠…… 나, 손님이 있어요."

"누구?"

크리스토퍼는 노트북 너머로 나를 바라봤다. 아빠와 통화 중인 것을 고려하면 예의에 어긋날 정도로 오랫동안 나와 눈을 마주쳤다.

"학교 친구요." 그가 마침내 시선을 화면으로 옮기며 말했다.

"나중에 통화할까?"

"제가 할게요, 내일요."

"알겠다. 또 통화하자. 재밌게 놀아, 알았지?"

크리스토퍼는 컴퓨터를 닫고 베개 아래로 밀어 넣었다. 그리스 말고는 영화가 없는 것이 분명했다. 갑자기 그가 안절부절못하는 것 같았다. 일어나 창으로 가 기울어진 창문을 활짝 열었다.

이혼은 내게 익숙한 분야가 아니었다. 요나스는 열두 살 때 아빠가 돌아가셨지만, 이혼은 그것과 완전히 달랐다. 그리고 우리 집 전체에서 딱 한 집 삼촌네 부부만 헤어졌다. 엄마와 아빠가 헤어지면 상처가 남는다는 것은 알겠지만, 그 상처가 얼마나 큰지는 모르겠다.

"아빠 만나러 자주 가?"

"누크까지 비행기로 6시간이나 걸려. 그러니까……."

"그래서 자주 못 가는구나?"

그는 대답하지 않았다. 폭이 좁은 서랍장으로 가 서랍을 열고 뭔가를 찾더니 손에 체스판을 들고 돌아섰다.

"뭐 하는 거야?"

우리는 침대에서 체스판을 사이에 두고 양반다리로 앉아 있었다. 그는 팔꿈치를 무릎 위에 두고 두 주먹으로 머리를 받치고 있었다. 심각하게 찡그린 얼굴을 하고 나를 도끼눈으로 보고 있었다.

"무슨 말이야?" 나는 웃음을 참을 수가 없었다.

"또 외통수 자리에 뒀잖아."

"알았어, 그럼 다시 둘게."

"'또'라고 해야지. 내가 또 봐주는 거라고."

나는 재빨리 룩을 도로 가져와 내 킹을 보호하고 대신 나이트를 내보냈다. "이제 됐어."

"그냥 영화나 봤어야 하는 거 아니야?" 그가 퀸을 전진시키며 물었다. "체크메이트. 이번엔 봐주지 않을 거야."

"그럼, 나, 이제 진 거야?"

"지금 진 거야. 두 번째로." 그는 체스판에서 모든 말들을 쓸어서 작은 가죽 가방에 담기 시작했다.

"체스는 누가 가르쳐 줬어?" 내가 물었다. "아빠?"

"아무도 안 가르쳐 줬어. 너한테는 지는 게 불가능하다, 야."

"하나도 안 웃겨."

"이긴 사람이 정하기로 했다. 그럼 이제 그리스 보자."

나는 반대하지 않고 비스듬한 벽에 등을 기대고 앉았다. 그도 똑같이 했다. 영화가 컴퓨터 화면 위를 깜박이며 흘렀다. 영화는 내가 기억한 대로 안 좋았다. 하지만 나는 이 영화를 싫어하는 것을 나름 즐겼다. 줄거리와 도덕성에 관해 마음에 들지 않는 부분을 일일이 말하며 성 고정 관념을 있는 대로 지적했다.

그는 내 얘길 들었다. 내 말에 "그래, 맞아"라고 하거나 내 말에 동의하지 않을 때는 길게 "어……."라고 했다.

그러다 갑자기 이불을 위로 당겨 내 다리 주변과 배를 세심하게 덮어 주었다.

"나, 안 추워." 나는 이불을 차며 말했다.

"이불을 덮고 영화를 보는 건 추울까 봐 그러는 게 아니야." 그는 고집쟁이 아이를 침대에 눕히듯 나를 이불로 꼭 덮어 주며 말했다. “포근하라고 그러는 거지. 그런 것도 몰랐나 봐?”

나는 팔꿈치로 그를 쿡 쳤다. 그가 팔꿈치로 되쳤다. 계속해서 영화를 보는데 일이 분이 지났을까, 그가 마치 좀 더 편한 자세를 취하다 우연히 그렇게 된 것처럼 능청스럽게 더 가까이 와 앉았다. 나는 모든 동작을 지켜봤다. 이불 위에서 그의 손이 내 손 쪽으로 오며 취하는 세세한 움직임 하나도 놓치지 않았다. 화면을 쳐다보고는 있지만, 우리 중 누구도 영화를 보는 것 같지는 않았다.

그의 숨소리.

내 숨소리.

고르지 않게 흔들리는 파도 같았다.

그때 내 전화가 진동했다. 바지 주머니에 들어 있어 진동이 울릴 때마다 다리 전체가 웅웅거렸다. 전화기 화면에 세실 언니의 얼굴이 번쩍이는 것을 보고 무음으로 바꾸어 침대 위에 던져 놓았다. 신호가 멈췄다. 하지만 몇 초 후에 다시 번쩍 빛났다. 나는 무시하려고 애쓰며 뚫어지게 영화를 봤다. 드디어 전화기 화면이 어두워졌다. 하지만 금방 한 번 더 빛이 났다.

“전화 안 받아? 중요한 것 같은데.”

‘안 중요해. 내말 믿어.’ 나는 생각했다.

“문자만 보낼게.” 나는 크리스토퍼가 읽지 못하게 몸을 틀

어 빠르게 문자를 찍었다. 문자를 찍고 있는데 세실 언니에게서 문자가 왔다. '지금 전화해!'

나는 아주 잠깐 망설이다 이불을 옆으로 걷고 침대 끝으로 움직이며 말했다. "가야겠어."

"왜? 무슨 일인데?"

갑자기 모든 상황이 짜증스러웠다. 크리스토퍼가 내 인생에 일어나고 있는 일을 알 권리가 있는 것처럼 구는 것도. 세실 언니가 내게 집에 오라고 요구할 권리가 있는 것처럼 구는 것도.

"아무 일도 아니야. 그냥 집에 갈래."

그가 아랫입술을 쭉 내밀었다. "아스트리드, 네가 끝부분 분석해 주는 거 듣고 싶었는데."

"그건 너 혼자서 해야 할 것 같아."

나는 전화하지 않았다. 그냥 자전거를 탔다.

부모님은 잠자리에 들 참이었다. 우리는 잘 자라는 인사를 하고 나는 목욕탕을 썼다. 세실 언니의 방문은 닫혀 있었다. 언니 방문을 열자 언니가 화들짝 놀랐다. 침대에 앉아 노트북을 보다가 후다닥 닫아 버렸다.

"내가 전화한 거 못 봤어?" 언니의 볼이 빨갰다. "너한테 무슨 일이 일어난 것 같은 불길한 예감이 들었어. 네가 기습당했거나 성폭행당했을까 봐."

"난 멀쩡해."

"전화는 왜 안 받아?"

나는 그 질문엔 마땅한 핑계가 없었지만 번개같이 생각해냈다. "무음으로 해 놓고 깜박 잊어 버렸어."

"그 집에 크리스토퍼도 있었어?"

"응."

언니가 나를 흘끗 봤다.

"나, 이 닦을 거야." 내가 말했다. 거울 앞에서 칫솔질을 하고 있을 때 언니가 문간에 와 섰다.

"뭐 했어?"

"명상."

"3시간 동안이나?"

"영화도 봤어."

"그럼 데이트였네?"

나는 칫솔을 다시 물고 언니가 잘못 생각하는 거라고 팔을 흔들었다. 하지만 언니는 무슨 말인지 모르겠다는 듯이 눈을 동그랗게 떴다. 나는 치약을 뱉고 입을 헹구고 고개를 들어 거울 속 내 뒤에 선 언니의 얼굴을 봤다. "걔가 그리스를 보자고 하더라고. 그리스라니? 하고많은 영화 중에! 영화 취향이 정말, 정말 별로야." 내 목소리가 너무 컸다.

언니는 거울 속의 나를 유심히 쳐다봤다. 눈으로 나를 발가벗기는 느낌이었다. 마침내 언니가 입을 열었다. "걔는 여자애들을 헤프게 만나."

"어떻게 헤픈데?"

"그냥…… 헤퍼. 이 여자 저 여자랑 잠자고."

"알았어." 내 몸에 이상한 느낌이 들었다. 마치 내가 천장 근처에서 맴돌며 나와 언니를 내려보는 것 같은 느낌. 우리 대화를 보고 있는 느낌이었다.

"네가 슬퍼지는 거 보기 싫어서 그래."

"데이트 아니었다고 말했잖아."

언니가 자기 방으로 돌아가 침대에 누웠다. 나도 따라갔다. 언니는 눈을 크게 뜨고 나를 보며 턱까지 이불을 끌어당겼다. 나는 양심에 찔려 침을 꿀꺽 삼키고 언니 곁에 앉았다. "언니는 오늘 저녁에 어땠어?"

"숨 쉴 때 끔찍하게 아파. 등에 칼이 막 박혀 있는 것 같아."

"아프겠다."

"그리고 아빠는 내가 상담하러 안 가서 아직도 화났어."

"아빠는 일 때문에 늘 화가 났거나 스트레스받은 것처럼 보이잖아." 나는 말은 이렇게 하면서도 이것이 백프로 맞는 말이 아니라는 것을 알았다.

"나는 가족 모두에게 피해만 주는 존재인 것 같아." 언니가 천장을 바라보았다. "아빠가 화나는 것도 내 잘못이고, 엄마의 일하는 시간을 너무 많이 빼는 것도 내 잘못이야. 모든 것이 다 내 탓이야."

"엄마 아빠는 언제나 언니를 도울 거야. 뭐든 상관없이."

"어떤 때는 내가 학교를 그만두면 일이 더 쉬워지지 않을까 하는 생각이 들어. 그러면 식구들이 늘 나 때문에 노심초사하지 않아도 되지 않을까. 그 시간을 치료하는 데 쓸 수도 있고. 나한테 맞는 속도로."

"하지만 이제 시험만 보면 되잖아. 그 생각은……." 나는 하마터면 '완전히 미친 짓'이라고 말할 뻔했다가 '별로야'로 바꿨다.

"시험이 다가오니까, 시험 생각만 해도 스트레스받아 미치겠어. 그러니까 내 불안증도 심해져."

"언니는 이겨 낼 거야."

"대신 8월에 추가 시험을 보면 어떨까 싶어. 그러면 공부할 시간도 더 생기잖아."

"잠깐만, 나랑 같이 열심히 하면 돼. 지금까지 잘하고 있잖아, 안 그래?"

"그렇게 생각해?"

"그럼. 언니는 잘하고 있어. 사람들 앞에서 말하는 것만 익숙해지면 돼. 역할을 정해서 연습하자. 내가 선생님과 시험관 역할을 할게."

"그렇게 해 볼까? 내일 할까?"

"어……. 11시에 요나스 만나잖아." 나는 언니가 약간 실망한 얼굴을 하는 것을 보고 언니가 내 약속을 잊은 것 같아 손바닥을 손톱으로 세게 눌러야 했다. 언니는 침대에서 자세를 바꿨다.

“잠들 때까지 같이 있을래? 네 호흡을 나한테 전달하는 거 연습해 보자.” 언니는 이불을 옆으로 치웠다. 나는 언니 옆으로 올라갔다. 우리는 나란히 누워 같은 리듬으로 똑같이 숨을 쉴 때까지 수를 셌다.

나는 우리가 꼭 쌍둥이 같다고 느꼈다.

그런데 이제는 내가 언니에게서 멀어지는 느낌이 들었다.

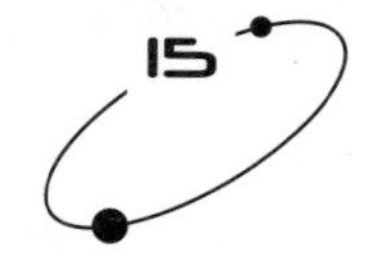

11시에 '하버 카페'에서 요나스를 만났다. 항상 이곳이 우리의 아지트라고 생각했는데, 막상 이곳에 서 있으니 우리가 이 카페에서 만난 게 벌써 몇 주나 지났다는 사실에 놀랐다.

보통 우리의 회동은 본론으로 들어가기 전에 카푸치노 한 잔을 후루룩거리며 반 친구들 뒷담화를 하며 시작했다. 그런데 오늘은 주문도 안 했고 야외에 자리를 잡기도 전에 "우리 인터레일 여행에 베로니카도 같이 가자고 해 보는 건 어떨까 싶어"라고 요나스가 말했다.

나는 그 말을 못 들은 것처럼 굴어야 했다. 심장이 두근거리기 시작했고, 우리 보고 자기 자리에 앉으라고 손짓을 하는 유모차가 있는 아기 엄마에게 감사의 고갯짓을 하면서도 충격으로 눈이 돌아갈 것 같았다. 우리가 햇살이 비추는 등나

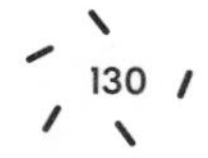

무 의자에 앉자마자 크리스토퍼가 계속 말했다. "여름 내내 아무것도 안 하나 봐?"

다행히 그 순간 점원이 나타났다. 웃으며 점심 식사를 할 건지 메뉴를 보겠는지 물었다.

"카푸치노 두 잔 주세요. 거품 많이요." 내가 말했다.

"알겠어요."

"저는 엘더플라워 워터로 주세요." 요나스가 말했다. 그리고 변명이라도 하듯 나를 쳐다보며 말했다. "더워 죽겠어."

"거품 많은 카푸치노 하나, 엘더플라워 워터 하나요." 여자 점원은 우리가 같은 음료를 시키지 않아서 불만이라는 듯 말하고 사라졌다.

요나스가 머리를 갸우뚱했다. "넌 어떻게 생각해?"

"뭘 말이야?" 화나지 않은 것처럼 애써 말하는데 이번에는 말벌 한 마리가 내게 날아와 거칠게 쳐내야만 했다.

"베로니카와 인터레일 여행 함께 하는 거 말이야."

"처음부터 줄곧 우리 둘이서 계획하던 여행에 베로니카랩터를 초대하자고?"

"제발, 그 애를 그렇게 부르지 좀 말아 줄래?" 요나스가 한숨을 쉬었다. 그답지 않은 깊고 피곤한 한숨이었다. "어쩐지 걔가 외로워 보여."

"구제 불능으로 보이는데."

"그러지 마. 새로운 반에서 어울리는 게 얼마나 힘든지 알잖아."

"장난하냐? 12월에 왔잖아." 나는 손가락으로 세어 보였다. "12, 1, 2, 3, 4, 5, 6. 일곱 달이나 됐는데?"

"그래도 올보르그◆에서 왔잖아. 게다가 우리하고만 얘기하잖냐. 다른 애들하고는 얘기 안 해."

"올보르그에서 온 건 무슨 상관인데?"

"우리하고 잘 맞잖아." 거짓말이었다. 요나스와는 잘 맞을지도. 요나스가 베로니카와 잘 맞을지도 모르겠지만 이제는 아무도 나와 잘 맞지 않았다.

"최소한 생각은 해 볼래?"

나는 '흠.' 하고 앓는 소리를 냈다. 그가 원하는 대로 해석할 수 있는 애매한 소리였다.

"그래서, 너하고 세실은 집에서 꼼짝하지 않고 공부하는 거야?" 그가 평소의 말투로 물었다.

"응. 너는 베로니카하고 공부하겠네?"

"오후에 딱 한 번 같이 공부했어." 그는 탁자 위 마른 커피 자국처럼 보이는 것을 긁었다. "세실 상태는 좀 좋아졌어?"

"그럭저럭."

◆ 덴마크의 네 번째 도시

여점원이 우리 음료를 들고 왔다. 요나스의 음료는 길고 가는 유리컵에 담겼고, 황금빛 음료에 담긴 얼음 조각이 달그락 부딪는 소리를 냈다. 내 카푸치노 잔은 작고 넓었으며, 풍성한 거품이 잔 위에서 출렁거렸다. 요나스는 고맙다고 인사를 하고 한입 꿀꺽 마셨다. 나는 아무 말도 하지 않았다. 점원이 우리 탁자 번호가 적힌 조약돌 아래에 조심스럽게 계산서를 넣을 때 나는 그녀에게 억지웃음조차도 지을 수가 없었다.

"좋아, 정말 솔직하게 말해 볼까?" 그가 말했다. "왠지 셋이서 여행하는 게 더 안전한 것 같아."

"그건 엄마들이 하는 소리고. 너는 절대로 그런 소리 안 하지."

"내 말은…… 만약에." 그는 말을 하다 말았다. "무슨 일이 생겨서 네가 취소하면 어떡해?"

"내가 왜 취소해?"

"세실한테 무슨 일이 생기면 어떡해? 네가 집을 비울 수 없을 정도로 악화되면 어떻게 할 건데?"

이건 꼭 내 제일 친한 친구가 코끼리로 변해 나의 가장 작고 약한 발가락을 밟는 것을 보는 심정이었다.

"난 취소 안 해. 무슨 일이 있어도."

"알았어." 그는 물끄러미 바다를 바라봤다.

나는 카푸치노에 숟가락을 넣고 휘저었다. "그럼 오늘 계획

짜는 건 안 되겠다. 네가 베로니카도 같이 간다고 생각하고 있다면 말이야. 우리가 고른 경로를 싫어할지도 모르잖아. 다른 나라를 가 보고 싶어할지도 모르고."

"걔는 부타페스트가 너무 보고싶대."

나는 더 빨리 저었다. 거품이 약간 넘쳤다. "벌써 걔하고 얘기한 거네?"

"조금." 그는 엘더플라워 워터 컵을 비우고 계속 말했다. "그래도 당연히 네가 동의를 해야지."

"이제 나한테는 선택의 여지도 없는 거 아니야?"

그는 잠시 자기 손을 내려다봤다. "나도 이 말 하기 정말 힘들었어. 싸우기 싫어. 넌 지금도 내 제일 친한 친구야, 알겠어? 난 그냥 베로니카가 정말 좋은 애라고 생각해. 아주 진솔해."

"아주 진솔하다." 나는 따라 말했다.

"같이 있으면 기분이 좋아져, 무슨 말인지 알지?"

나는 그 말에 대꾸하지 않았다. 내 맥박이 동시에 빠르고도 느리게 뛰었다. 관자놀이에서 뛰는 맥박을 하나하나 느낄 수 있었다.

"그래도 한번 생각해 봐." 그가 말했다.

나는 카푸치노를 마시며 물끄러미 바다를 바라보았다. 윗입술에 우유 거품이 잔뜩 묻어서 나는 혀로 재빠르게 핥았다.

"어, 저쪽에도…… 뭐 묻었어……." 요나스가 자기 윗입술을 가리켰다. 나는 급히 손등으로 닦았다.

우리는 한동안 앉아 있었다.

나는 얘깃거리를 찾아보려고 했다. 우리가 나눌 수 있는 뭔가를. 지금 당장은 요나스가 우리의 우정에 폭탄을 던진 느낌이었다. 크리스토퍼 얘기를 할까 말까 고민하던 마음도 싹 사라졌다. 지난밤 얘기를 하느니 차라리 샤워하다 자위를 했다고 인정하는 편이 낫겠다.

요나스가 전화기를 꺼냈다.

우리는 마주 앉아서 각자의 전화기를 꺼내는 그런 사람들이 아니었다.

하지만 지금은 나도 똑같이 했다.

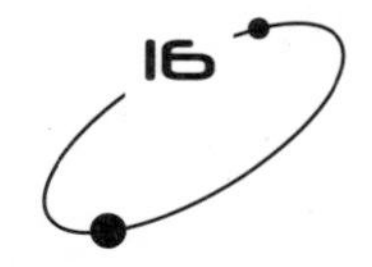

시험공부 기간이 갑자기 한도 없이 길게 느껴졌다. 나는 전에는 궁금해 본 적이 없는 일이 궁금해졌다.

'가령, 친한 친구에게 정말 무엇을 기대할 수 있는가?'

'베로니카와 요나스가 연애라도 하면 2학년 내내 나는 어떻게 할 것인가?'

'사랑에 빠진다는 것은 실제로 어떤 느낌일까?'

시험공부에 집중해야 할 때 이런 거나 궁금해하다니 정말 한심하다. 세실 언니의 물리 시험일까지 11일이 남았고 내 사회 시험까지는 14일 남았다. 내 시험은 걱정할 게 없었다. 나는 학교에 잘 다녔고, 일 년 동안 열심히 들었고, 컴퓨터에는 수업 때 받은 자료가 많았으며, 노트 필기도 많았다. 하지만 세실 언니는 수업도 빠졌고 노트 필기도 하지 않아서, 물리

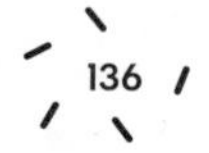

과목에 없는 자료가 많았다.

"역할 맡아서 해 볼까?" 언니의 물리 시험 자료를 한 시간 동안 보충한 뒤에 내가 물었다. 토요일 아침, 부모님은 장 보러 나가셨고 우리는 부엌에 앉아 있었다.

"내가 언니의 시험관이자 선생님이라고 하자."

물리책을 들고 있는 언니의 손이 떨리기 시작했다. 좀 지나쳐 보였다. 마치 배우에게 '떨어'라고 지시해서 떠는 연기를 하는 것 같았다.

"그냥, 실제 시험인 척하는 거야." 내가 말했다.

"안 하면 안 될까?"

"한 번 해 보기로 했잖아. 연습해 보면 좋아. 생각만 해 보는 건데 뭐."

"생각만 해도 미치겠어, 진짜야."

"잘 할 수 있어. 괜찮을 거야." 나는 언니를 안심시켰다. "언니는 할 수 있어!" 우리 식구 중 '언니는 할 수 있다'고 해도 신경질 내지 않는 사람이 딱 한 명 있는데, 바로 나였다.

"자, 그럼 해 보자." 나는 목청을 가다듬었다. "안녕, 어서 와요, 세실. 양자 물리학에 대해 얘기해 보겠니? 정확히 말하면……." 나는 방금 물리 노트 맨 위에서 뺀 종이를 훑었다. "양자 비약?"

언니는 책을 들어 얼굴을 가리고 내가 자기를 못 보게 했다. 몇 초가 흘렀다. 30초 정도 되는 것 같았다.

"꼭 남자 목소리로 해야 해?" 언니는 여전히 책 뒤에 숨어서 말했다.

"시험관한테 그렇게 얘기하면 안 돼."

"왜 제일 어려운 주제로 시작했어? 난 물리는 하나도 몰라."

"우리 다른 데부터 할까?"

"그 목소리로는 진지해질 수가 없어." 언니가 책 가장자리 위로 코를 내미는데 언니 눈을 보니 웃고 있다는 것을 알았다. 그녀는 더 시간을 끌고 있었다. 눈을 가운데로 몰았다가 천천히 좌우로 굴렸다.

'내가 왜 언니하고 여기 앉아 있는 걸까'라는 생각이 들었다. '왜 나는 요나스와 함께 어울리며 내 공부를 하고 있지 않을까?'

"좋아, 그럼 그만둬." 나는 종이를 탁자 위에 놓고 일어섰다.

"화내지 마!"

나는 화난 것이 아니었다. 그것과는 다르게 뭔가 내 몸을 휙 감는 느낌이었다. 언니 때문만이 아니라, 집 자체, 부엌, 냄새, 모든 것이 나를 가두는 느낌이었다. 언니도 아는 것 같았다.

"알았어, 이제 진지하게 할게. 미안, 미안. 음…… 양자 물리학."

"양자 비약." 나는 다시 앉으며 지적했다. 그때 내 전화가 진동했다. 문자를 보낸 사람의 이름과 내용이 화면에 밝게 떴다. 크리스토퍼였다. 나는 전화를 내 쪽으로 낚아챘다.

'목요일 날 물총 가져가는 거 잊었더라.'

"누구야?" 세실 언니가 물었다.

순간 나는 요나스라고 말할까 했다. 하지만 그때 언니가 이름을 본 것 같다는 생각이 강하게 들었다. "크리스토퍼. 물총 때문에."

그녀는 아무 말도 안 했고 나는 전화기를 내려보며 빠르게 답을 했다. '나한테 물총을 주는 걸 잊은 건 너야.'

바로 답장이 왔다. '그래서 언제 가지러 올 건데?'

'네가 가지고 오지 그래?'

'그게 맞겠다. 언제 가면 좋겠어? :)'

빠르게 손가락을 움직이는 나를 언니가 유심히 보는 게 느껴졌다. '그냥 편할 때 헛간에 넣어 둬.'

'좋아, 헛간에. 알았어.'

나는 더는 시답잖은 얘기를 쓰지 않기 위해 전화기를 벽에다 던져 버리고 싶었다.

"걔가 너한테 관심 있는 것 같지 않아? 아주 조금이라도?" 언니가 나를 쳐다보고 있어서 나는 다시 종이를 내려다볼 수밖에 없었다.

"그애 엄마 집 마루에 누워서 명상했다고 그러는 거야?"

"영화도 봤잖아."

"알겠어, 알겠다고. 하던 거나 계속할까?"

언니는 잠깐 머뭇거렸다. 책의 옆면을 만지작거리기 시작했다. "나한테 처음으로 키스한 사람이 크리스토퍼인 거 알지?"

"그때 너는 폐렴으로 2주 동안 침대에 누워 있었어. 그 바람에 드디어 우리 둘만 내 방에 있게 된 거지."

"내가 신경쓰는 것 같아? 하던 거나 할까?"

언니가 나를 빤히 봤다. 나도 빤히 봤다.

그때 내 마음속에 나쁜 생각, 원하지 않는 생각이 들었다. '그래, 언니가 키스를 했어. 그게 첫 키스이자 마지막 키스였지. 열두 살이었는데. 열두 살!'

"양자 물리학에 관해 얘기해 봐." 나는 언니 얼굴에 종이를 펄럭이며 말했다. "양자 비약. 얼른."

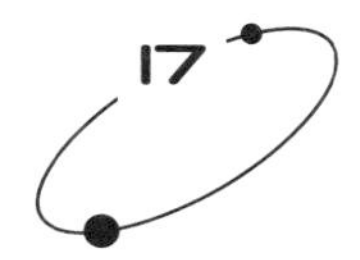

일요일 아침, 나는 일찍 잠에서 깼다. 물을 마시러 부엌에 가니 아빠가 운동화에 줄을 끼우고 있었다.

"너도 갈래?" 아빠는 요즘 50세 남자들이 하는 식으로 달리기 준비 운동을 시작했다. 다리 스트레칭, 엉덩이 스트레칭, 제자리 빨리 뛰기. 아빠는 지난해 하프 마라톤을 뛰었다. 2년 안에 베를린 마라톤에 참가하는 것이 목표였다.

"있다가 비 온대." 아빠는 창밖으로 구름 한 점 없는 하늘을 힐끔 쳐다봤다.

달리기는 아빠의 삶에서 자기만의 숨통이 트이는 공간이라고 했다. 나는 아빠의 삶에 가족, 즉 우리가 포함된다는 걸 확신했다.

"너도 갈래?" 아빠가 다시 물었다.

“좋아.” 나는 아빠 마음이 바뀌기 전에 얼른 대답했다.

우리는 강도 높게 시작했다. 우리 모두에게 힘든 속도로 주택가를 달렸다. 숲 가장자리에 이르러서야 속도를 조금 줄였다. 얼마 뒤 나는 달리기를 멈추고 걸어야 했다. 공기는 전나무와 이끼 냄새로 가득했다. 숲은 언제나 내가 어렸을 때를 떠올리게 했다. 우리는 산책을 하곤 했는데, 우리 넷은 싸 간 점심을 먹거나 버섯을 따기 좋은 장소를 찾아다니곤 했다. 그 시절에는 우리도 가족이 되는 법을 알았다.

“아빠, 잘 달린다.”

“체력 관리를 잘 해야 해.” 아빠가 자기 가슴을 두드렸다. “몸과 마음에 다 좋아.”

“난 수영이 더 좋아. ‘아빠랑 하는 수영 교실’ 갔던 거 생각나?”

아빠가 미소지었다. “너희 둘 구제 불능이었지. 사우나에 들어가더니 나올 생각을 안 하더라니까.”

불현듯 내게 아이디어가 떠올랐다. “목요일에는 수영장이 늦게까지 열지 않아? 8시까지?”

“목요일엔 내가 늘 늦게 끝나.”

아빠는 내가 말을 하기도 전에 피하듯 말했다.

“그래도 오늘 네가 같이 와서 기쁘구나. 사실 너랑 의논하

고 싶은 일이 있어, 아스트리드."

무슨 이유에서인지 배가 뒤틀렸다.

"너도 같은 생각이라는 걸 확인하고 싶구나. 세실이 이번 시험에 통과하도록 해야 해. 다른 방법이 없어." 아빠가 나를 쳐다봤다. "스포츠와 같아. 조금이라도 자신을 다그치지 않으면 결과를 얻지 못하지. 그리고 세실은 학교를 마쳐야 한다. 성공을 경험할 필요가 있어. 그것이 발판이 돼서 세상에 나아가야 뭔가 할 수 있을 거야."

"응." 나는 아빠 말이 옳다고 생각하기 때문에 이렇게 말했다. 다만 언니가 어떤 종류의 발판에라도 올라가는 것을 상상한다는 게 딱히 현실적이지 않을 뿐이었다.

"세실은 무슨 생각인 거니?"

잠시 나는 아빠가 직접 물어보라고 말할까 생각했다. 하지만 지난주 언니가 자퇴를 생각한다고 말한 것이 생각났다. 언니가 그런 생각까지 한다는 것을 알면 아빠는 돌아 버릴 것이었다.

"나도 잘 몰라."

"언니랑 많은 시간을 보내잖아. 아무 얘기 안 했어?"

"언니가 그렇게 잘하고 있지는 않아."

"쉽게 할 수 있는데. 자신을 믿는 법을 배워야 할텐데. 세실이 느끼는 불안감은 생각일 뿐이고 제멋대로 구는 육체적 느낌일 뿐이야."

나는 아빠가 전에도 똑같이 말하는 걸 들었다. 내가 아닌 엄마에게 한 것이었다. 둘이 다투는 중이었는데, 아빠는 엄마에게 과잉보호한다고 말했고 그 때문에 엄마는 마당으로 나가 한 시간 내내 벤치에 혼자 앉아 있었다.

"언니가 빨리 좋아지면 좋겠어." 내가 말했다. 완전히 빈말, 거의 의미 없는 말이지만 그렇게 말해야 할 것 같았다. 어떻게든 언니를 옹호하고 싶었다.

"바라기만 해서는 아무것도 바뀌지 않아. 이런 일은 행동이 필요해. 물론 너는 벌써 알고 있겠지만. 우리는 많이 닮았어, 아스트리드. 너에게서 내 모습이 많이 보이거든." 아빠는 다정함과 자랑스러움이 가득한 눈으로 나를 보았다. 그리고 웃어 보였다.

나는 미소를 지었다. 그러나 언니를 가장 나쁘게 배신하는 미소라는 생각이 들었다.

우리는 빵집에 들렀다가 집으로 돌아왔다. 우리 집 마당으로 들어가 헛간을 지나는데 크리스토퍼가 보였다. 등을 돌린 채 형광 초록색 물총을 제일 위쪽 선반에 밀어 넣고 있었다.

"이런 세상에! 크리스토퍼 아니냐?" 아빠가 말했다.

크리스토퍼는 깜짝 놀라 돌아서더니 우리를 보고 웃었다.

아빠가 이렇게 격하게 반응하는 일은 흔하지 않은데 아빠는 계속해서 격하게 말했다. “하느님 맙소사, 꼬맹이일 때 보고 못 봤는데. 우리 헛간에 몰래 어슬렁거리고 있다니!” 아빠는 기쁜 것 같았다. 나도 크리스토퍼를 봐서 기쁜 것이 분명했다. 그는 짙은 청바지에 회색 점퍼를 깔끔하게 입고 있었다. 나는 온통 땀에 젖은 운동복에 벌게진 팔에는 빵을 끼고 있었지만 창피하지 않았다.

“아스트리드한테 빌린 거 놓고 가려고 들렀어요. 아니, 세실이요.” 크리스토퍼는 금방 말을 정정했다.

“들어와서 아침 좀 하지 그러니?” 아빠가 물었다.

“그러면 좋겠는데, 아쉽지만 가야 해요.” 크리스토퍼가 손을 주머니에 집어넣었다. 전에는 본 적이 없는, 약간 어색해하는 모습이었다.

아빠는 나와 크리스토퍼를 번갈아 보더니 내 팔에서 빵을 빼며 말했다. “난 들어가서 두 잠꾸러기를 깨워야겠다.” 그러고는 정원 길을 따라 사라졌다.

우리 둘만 남았다.

심장이 두근거렸다.

나는 “가져다줘서 고마워”라고 말했다.

“응, 어차피 친구 집에 가는 길이었어. 브런치 사 들고 쳐들어가서 깨우려고. 여기서 멀지 않거든. 그래서…….” 그는 손을 주머니에서 빼더니 바로 다시 집어넣었다. "시험공부는 잘 돼가?"

"사회는 괜찮아. 거기다 언니하고 양자 물리학과 상대성이론, 이런 거 공부하고 있어. 그래서 이번 여름에 많이 배울 것 같아."

"세실 과목도 배우고 있다고?"

크리스토퍼의 질문에 정말 뭐라고 말해야 할지 몰랐다.

"알겠어. 그럼 지금까지 뭘 배웠는데?" 그가 물었다.

"나는 물리 과목은 잘하는 그룹에 못 들겠다는 거."

"뭐? 말도 안 되지. 너같이 똑똑한 애가?"

나는 할아버지 흉내내는 듯한 그의 말을 무시했다. "예를 들어, 어제 언니에게 양자 비약이 무엇인지 설명하려고 했는데, 잘 안됐어."

"양자 비약? 그건 쉬워." 그는 헛간으로 돌아가 빠르게 선반을 훑어보고 어릴 때 쓰던 색분필이 들어 있는 낡은 깡통을 꺼냈다. 거실 창 앞 땅바닥에 쭈그리고 앉아 커다란 원을 그리고, 큰 원이 파란 점이 될 때까지 색칠했다. 그런 다음 그 주위에 고르지 않은 약간 구불구불한 고리들을 점점 더 크게 그려 넣었다.

"이리 와 봐."

나는 그의 옆으로 가서 분필로 그린 그림에서 몇 발자국

떨어진 곳에 섰다.

"이게 핵이야." 그가 파란색 원을 가리켰다.

"무슨 핵?"

"좋아." 그는 눈썹을 찡그리며 말했다. "세실의 문제가 뭔지 알겠어."

내 마음 한편으로는 그의 어깨를 밀거나 한 번 치거나 하고 싶지만, 지금 우리는 너무 가까이 있어서 그런 행동을 할 수가 없었다.

"미안, 내가 잘 설명해야 하는 건데." 그가 파란색 원을 가리켰다. "원자의 핵이야, 알겠지? 그리고 원자란……."

"한 물질을 나눌 수 있는 가장 작은 단위." 내가 말했다.

"맞아. 그리고 핵 안에는 양전하를 갖는 양성자와 중성자가 있고 핵 주위에는 전자들이 있어. 음전하를 띄지."

"원자의 핵." 나는 되풀이했다. "어떤 것들은 그 주위를 돈다. 구체적으로?" 그는 나를 멀리 두고도 가르칠 수 있을지 잠깐 생각해 보는 것처럼 나를 바라봤다. 그러더니 내 어깨를 잡고 나를 핵 주변 가장 안쪽에 있는 고리에 세웠다.

"그럼, 아스트리트, 너는 전자야. 음전하를 갖는 거지. 그리고 너는 핵 주위를 계속 돌아. 이해했어?"

나는 끄덕였다.

"좋아. 그리고 네 궤도를 따라 움직이기 시작해."

나는 그가 핵 주위에 그려 놓은 구불거리는 고리를 따라 살살 걸었다. 갑자기 그가 두 손으로 나를 살짝 밀어서 두 발짝 움직이게 해 다음 고리로 보냈다.

"뭐야?"

"바로 이게 양자 비약이야."

나는 발밑에 구불거리는 선을 내려다봤다.

"핵 주위를 끊임없이 도는 전자는 일종의 차선 변경을 해. 아주 작은 점프. 작은 움직임으로 에너지를 방출하는 거야. 에너지 레벨에 변화가 생기는 거지."

"그런데 왜 차선을 바꾸는데?"

그는 양팔을 벌렸다. "수없이 많은 이론이 있어. 하지만 우리가 확실히 아는 것은 이런 작은 에너지 변화가 항상 일어나고 있다는 거야. 끝없이 흐르는 거지."

"미스터리네."

"물리 자체가 미스터리야." 그는 소매를 걷어 팔뚝을 내밀었다. "여기 문질러 봐."

나는 햇볕에 그을린 그의 피부에 손을 올렸다. 핏줄이 선명하게 도드라져 있고 털은 부드럽고 금빛이었다. 천천히 내 손가락을 앞뒤로 움직이는데 모든 말초 신경이 곤두서는 것 같았다.

"이게 양자 비약이야?" 나는 진지하고 집중하는 것처럼 들리기를 바라며 물었다.

"아니."

"좋아……. 그럼…… 에너지 방출인가? 양전하와 음전하 중성자 변화, 뭐 그런 거?"

"아니, 네가 내 팔을 문지르는 거지."

내가 손을 뗄 때 그가 웃었다. 나도 웃지 않을 수가 없었다. 그때 거실 창문 뒤에서 뭔가 움직이는 것을 본 것과 동시에 엄마가 지나갔다. 아마 크리스토퍼도 본 것 같았다. 어쨌거나 그는 전화기로 시간을 확인하고 분필을 내게 건넸다. "가는 길에 예거마이스터Jagermeister◆ 사야 해서."

나는 진입로까지 크리스토퍼를 따라갔다.

"물총 가져다줘서 고마워."

"그 말은 벌써 했어."

"좋아, 그럼 물리 가르쳐 줘서 고마워."

"좋은 학생이었어."

"네가 좋은 선생님이라고 생각해."

그는 눈을 가늘게 뜨며 한걸음 뒤로 걸었다. "그럼 이제는

◆ 직역하면 '사냥의 대가'라는 뜻으로, 원래는 식후 마시는 술이자 기침약으로 개발되었다.

걸핏하면 나하고 싸우려 들지 않는 거다?"

"걸핏하면 싸우는 건 아닌데."

"맞아, 너 그래. 하지만 나를 좋아하기 시작한 것 같아."

"그렇게 생각해?" 나는 비꼬듯 말하려고 하는데 내가 듣기에도 너무 진지하게 들렸다.

"응." 그는 웃으며 돌아섰다. "조만간 또 보자."

부엌으로 들어가니 아침 식탁이 차려져 있었다. 자른 통밀빵이 가지런히 놓여 있고 커피포트에서는 김이 나고 있었다. 엄마는 가운을 입고 싱크대 옆에서 치즈를 자르고 있었다.

"물총 갖다주려고 일부러 시간 내서 온 거 아니냐?" 아빠가 올려다보며 물었다.

"아니야." 나는 이렇게만 말하고 빵 한 조각을 집어 의자에 앉았다.

"오라! 내가 참견하지 않는 게 좋겠다는 거구나?" 아빠가 껄껄 웃었다.

세실 언니가 파자마에 토끼 슬리퍼를 신고 부엌으로 들어왔다. "뭘 참견하지 마?" 언니가 그녀답지 않게 흥미롭다는 듯 물었다. 아마도 아빠가 웃고 있었기 때문일 것이다. 아빠는 잘 웃지 않으니까.

"아무것도 아니야." 나는 재빨리 말했다.

"아." 세실 언니는 앉으며 내 눈을 피했다.

엄마는 날씨 얘기를 늘어놓았다. 하늘이 흐려진다고 말했다. 잠시 뒤에 아빠가 예견한 대로 비가 오기 시작했다. 빗물이 유리창에 흘러내리고 열린 부엌 창문 아래 있는 배관에 물이 꼬르륵 흘렀다.

식사하는 동안 내 머릿속은 온통 물에 씻기고 있을 분필 그림 생각뿐이었다.

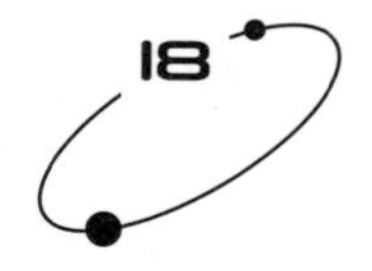

화요일 아침은 공황 발작으로 시작했다. 세실 언니가 과호흡 증상을 보이더니 얼굴이 창백해진 것은 우리 집 차가 진출로를 막 벗어났을 때였다. 호흡법으로 언니를 진정시키느라 10분이 걸렸고, 30분 동안 안아 주고 손을 잡아 주었다.

언니가 오늘 죽을까 봐 두려워하는 것이 보였다. 사망 선고를 받은 눈을 하고 있었다. 정말로 언니의 폐가 산소를 들이마시길 멈출 거라고, 심장이 펌프질을 멈출 거라고 믿는 것 같았다.

우리가 침대에 누워 있을 때 나는 언니가 왜 이런 기분인지 알아내려고 전날을 되돌려 보았다. 언니에게 조용하고 평화로운 시간을 주려고 공부를 쉬었고, 영화 두 편을 보았고, 저녁을 먹었다. 침대에서 시리즈물 에피소드 네 편을 보았다.

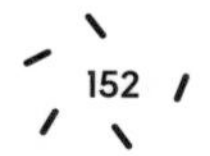

뜨거운 차이티를 마시고 목욕탕에서 같이 세수를 했다.

손가락으로 쓰다듬고 어루만져 주고, 비벼 주고 또 비벼 줬다. 마침내 언니가 더 깊이 숨을 쉬기 시작했다. 잠이 들었다. 잠에서 깼을 때 기분은 나아졌지만, 시험공부를 할 힘은 없었다.

"언니 배고파? 토스트 먹을까?"

"토스트 맛있겠다. 그리고 우유도."

토스터가 예열되기를 기다리는데, 문자가 왔다.

'보트 타고 나갈래?'

나는 크리스토퍼의 문자를 한동안 빤히 쳐다보았다. 아주 무미건조한 문자였다. 정보도 매우 희박했다. 가령, 오늘인지 내일인지, 언제 출발할 건지, 아니면 배에 우리만 있을 것인지 도무지 알 수 없었다. 나는 이런 질문을 긴 문자로 묻고 싶었지만 정작 짧게 보냈다.

'왜?'

'왜? 네가 원하니까?'

토스터가 준비됐다. 나는 토스터에 빵을 넣었다. 세실 언니가 침대에서 뒤척이는지 아니면 나오려는지 침대가 삐걱거렸다.

'언제쯤 가려고?'라고 썼다.

그는 지금도 되고 한 시간 있다가 항구에서 만나도 된다고 답했다. 나는 물결치는 파도 소리와 태양이 우리 몸을 따뜻하게 비출 때 크리스토퍼 옆에 앉아 있는 상상을 했다. 마치 갑자기 나를 끌어당기는 아주 색다른 자석을 발견한 것 같았다.

"먹을 거 다 됐어?" 언니가 바로 내 뒤에서 튀어나와 하품을 하며 기지개를 켰다.

"금방 다 돼." 나는 식탁에 전화기를 내려놓았다.

"마라톤을 뛴 기분이야. 허파가 너무 아파. 밤새도록 경련이 난 것 같아. 허파에도 경련이 날 수 있어? 경련이 나려면……."

나는 듣는 것을 깜박했다. 부엌 창문을 열고 고개를 내밀어 하늘을 봤다. 구름 없이 맑고 공기도 상쾌하고 후텁지근하지 않았다.

"뭐해?" 언니가 물었다.

"날씨가 어떤지 보는 거야."

"딱 봐도 비 안 와."

"응, 알아." 나는 어떻게 말을 꺼낼까 이렇게 저렇게 속으로 고민이 많았다.

"크리스토퍼가 나더러 보트 타고 나가자고 하네. 그래서 선크림을 발라야 하는지 확인하는 거야."

세실 언니는 돌아서서 부엌을 나갔다. 심장이 뛰기 시작했다. 전화기를 주머니에 넣고 언니를 따라 방으로 갔다.

"오후에는 돌아올 거야."

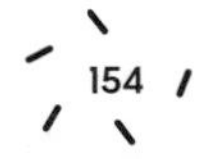

대답이 없었다. 언니는 침대에 누워서 노트북을 치웠다.

"무슨 일이든 생기면 언제든 전화해."

이번에 언니는 눈을 감았다. 나는 방으로 갔다. 긴 머리를 동그랗게 말아 묶고 얼굴과 팔, 다리에 선크림을 문지르는 두 손이 떨렸다.

전화기가 진동했다.

'오는 거야?'

이제야 내가 답을 안 했다는 것을 알았다.

나는 간다고 말하고 물병과 선크림을 가방에 던져 넣고 언니 방문에 가서 섰다. 언니는 눈을 감은 채 이상하게 숨을 쉬며 아직도 누워 있었다. 나는 한동안 언니를 지켜봤다. 언니를 보는 내게 아무런 느낌이 없다는 것에 놀랐다. 언니가 더 측은하게 여겨지지 않는다는 것이.

"나, 지금 나가."

언니가 눈을 떴다. 나를 빤히 쳐다봤다. "네 코가 반들거려."

나는 목욕탕으로 가 젖은 수건으로 얼굴에서 선크림을 닦아내려 했지만, 이미 녹기를 거부하는 기름진 피부막처럼 피부에 흡수되어 버렸다. 세실 언니가 문간에 나타나 얼굴을 비비는 나를 지켜봤다.

"그만해. 그러다 피부암 생기겠다." 거울로 내 머리의 뒷모습과 옆모습을 살피고 있을 때 언니는 생각에 잠긴 듯 나를 보았다. 나는 머리핀을 꽂으며 묶은 머리를 약간 고쳤다.

"나 아직도 자퇴할까 생각 중이야." 언니가 말했다. "그게 최선일지도 모르겠어. 어쨌거나 모든 것이 곧 끝날 거라는 이상한 기분이 들었어. 내가 정말로 여기 있는 게 아닌 것 같은 생각." 언니는 문틀에 서서 약하게 흔들거리고 있었다.

내 뱃속에서 미칠 것 같은 공포스러운 느낌이 들었다. 내가 원하는 것은 언니를 침대에 눕히고 잠자게 하는 것뿐이었다. 바로 지금, 지금 당장.

"얼른 가서 누워." 내가 말했다. 내 목소리가 너무나 명령하듯 들려서 나는 깜짝 놀랐다. 세실 언니도 놀란 것 같았다. 언니는 곧바로 시키는 대로 했다.

나는 언니 방으로 돌아가기 전에 목욕탕에서 준비를 마쳤다.

"그런 이상한 생각은 그만하고, 얼른 자."

언니는 턱까지 이불을 당겨 덮었다. "내 포스터가 떨어지고 있어."

나는 침대 위로 몸을 기울여 테이프가 다시 붙도록 나달나달한 포스터를 쾅쾅 두드려 벽에 단단히 붙였다. "됐어."

"언제 와?"

"말했잖아. 오후에."

"알았어." 언니가 얼굴을 찌푸렸다. "구명조끼 입는 거 잊지

마. 그리고 난간 너머로 떨어져서 죽지 말고."

"안 그럴게. 내 말 믿어."

"그리고 익사하지도 말고, 슈림프. 만약에 수영하게 되면 말이야."

나는 앞으로는 더는 별명으로 부르지 말자고 제안하고 싶은 충동과 침대 위에 지긋지긋한 곰돌이 푸우 포스터 말고 다른 것 좀 붙이라고 하고 싶은 충동을 느꼈다.

"명심할게." 나는 뒷걸음질로 문을 나오며 말했다. "추락하지 말 것, 익사하지 말 것, 죽지 말 것."

크리스토퍼가 방파제 초입에 서서 나를 기다리고 있었다. 나를 보고 웃었다. 나는 바로 여기에 있는 거라고 자신에게 다짐했다. 항구 한복판에, 사람들 한가운데. 그리고 세실 언니는 반드시 벌써 잠들어 있을 거라고.

"할아버지가 데리고 가실 거야?" 방파제를 걸어가며 내가 물었다.

"나 혼자 항구를 나가도 된대. 미풍이 조금 있는 가까운 데만."

"알았어, 그러면 구명조끼는 입어야겠네, 그렇지?"

"수심이 3미터 밖에 안 되니까 바보같이 보이고 싶다면 얼마든지 입어."

"하지만 너, 보트 운전면허는 있는 거야?"

그가 소리 내 웃었다. "선장 자격증. 나 못 믿는 거야? 아빠가 보트 운전하는 거 가르쳐 주셨어. 그린란드에 살려면 보트 운전은 필수거든."

엔진이 윙윙 돌아가는 소리와 함께 우리는 항구를 떠났다. 부두에서 겨우 백 미터쯤 벗어났을 때 크고 알록달록한 창고들이 짙은 초록색 숲에 둘러싸인 곳에 닿았다. 해안선에서 떠내려온 솔잎들이 우리 주변의 물 위에 떠다녔다. 우리는 보트 뒤쪽, 썩어가는 작은 계단이 바다로 내려가는 곳에 앉았다. 발을 물에 담그고 조타실 그림자가 만드는 그늘에 앉아 있었다. 선크림에 집착한 것이 후회됐다. 발가락으로 담금질을 할 때 배에 적힌 검은 글씨에 눈이 갔다. 나는 전체 이름을 읽을 수 있도록 몸을 조금 앞으로 기울였다.

"카르페 디엠Carpe Diem◆? 이건 아니지. 이렇게 오래된 보트에는 전혀 어울리지 않아. 게다가 이름도 아니잖아! 수잔이 좋겠어. 아니면 울라-마그레테Ulla-Magrethe◆◆ 어때?"

크리스토퍼가 웃었다.

"어쨌거나, 카르페 디엠은 너무 진부해. 영감을 준답시고 인

◆ 현재를 즐겨라

◆◆ 덴마크 여성 정치가

용하는 말들 정말 별로야. 솔직히 그런 말을 듣는다고 해서 인생에 더 열정적이게 될까?"

"만약에 지구상에 살날이 딱 하루 남았다면 뭐 할래?" 그가 물었다. 내가 방금 한 말을 하나도 듣지 않은 것이 분명했다.

"모르겠어." 나는 그렇게 말도 안 되는 걸 '만약'이라면서 묻는 물음은 생각하기도 귀찮았다.

"그러지 말고, 우리가 혹시 물에 빠져 죽을 수도 있잖아. 아니면 네 심장에 아무도 모르는 결함이 있어서 죽을 수도 있고. 너의 마지막 하루를 잘 보낸 것 같아?"

"너랑?"

"됐다, 됐어." 크리스토퍼가 조타실을 돌아 걸어갔다. 나는 그대로 있었다. 마침내 그가 시야에서 사라졌다. 나는 다리를 햇볕이 있는 곳으로 옮기고 전화기를 확인했다. 문자 온 것이 없었다. 나는 세실 언니에게 하트를 보냈다. 언니가 일어나면 보겠지.

"이거 받아." 그가 돌아와 얼음처럼 시원한 맥주병으로 내 어깨를 쿡 찔렀다. 나는 병을 받아들었다.

"술 마시고 보트 운전해도 돼?"

"괜찮아."

그가 내 병뚜껑을 따서 건넸다. 치익 소리를 내며 거품 줄기가 내 손으로 흘렀다. 나는 혀로 핥았다. 소금, 선크림, 쓴 맥주 맛이 입안을 가득 채웠다.

“너도 맥주 마실 수 있구나.”

“왜 내가 못 마실 것 같은데?”

“파티에서 너를 한 번도 본 적이 없으니까.”

“지난주에 슈냅스 마시는 거 봤잖아. 그리고 네가 가는 구역에는 내가 안 가서 그래. 사실 나는 파티에서 사람들하고 아주 깊은 대화를 했거든. 너는 그냥 바에 서 있을 테고. 아니면 춤추는 곳에서 난리 치던지.”

“난 춤은 안 춰. 그래도 바에서 노는 건 좋아해.”

“너의 그 잘난 친구들하고?”

그가 내 쪽으로 얼굴을 돌렸다. 나를 쳐다보는 모습이 그렇게 멋지진 않았다.

“너는 왜 항상 그렇게 까칠한 척해?” 그가 상처를 입은 것 같았다. 조금 안쓰러웠다.

“척하는 게 아니야. 내가 원래 그래.”

“그건 아니야. 너는 늘 다른 사람들의 좋은 점을 믿었어. 내가 아는 너는 한 번도 다른 사람을 나쁘게 말한 적이 없어. 누가 너를 놀리면 울었잖아. 정말로 슬퍼하면서.”

“네가 떠날 때 난 겨우 열 살이었으니까. 그때보다 나이도 더 먹고 더 현명해졌거든.”

그가 맥주를 한 모금 마셨다.

"난 사실 너하고 세실을 옛날 모습으로 많이 생각해. 너희 둘뿐 아니라 너희 식구 모두. 네 엄마는 늘 일찍 집에 와서 롤빵을 구우셨어. 네 아빠는 너희를 위해 그네와 놀이 집을 만들어 주셨지."

내가 거의 잊고 있던 시간들이었다. 하지만 그의 말이 맞았다. 내가 가장 안전하게 느끼는 곳이 가족이었던 때가 있었다.

"사람들은 지난날을 장밋빛으로 기억하는 경향이 있어. 그렇게 생각하지 않아?" 내가 물었다. "스스로를 속이는 거야."

"그럴지도 모르지. 물론 사람들은 변하는 거고." 그는 갑판에서 병뚜껑 하나를 집어 공중에 튕겼다가 잡았다. "모든 것은 변해."

"양자 비약이 일어나서?"

그가 미소를 지었다. "응, 양자 비약으로."

"하지만 만약에 안전함에 집착하면 어떻게 해? 만약에 변화를 싫어하면서 현재 상태도 싫다면?" 이 질문을 하면서 세실 언니나 나를 생각하고 있었는지는 잘 모르겠다.

"그러면 곤란하지." 이렇게 말하는 그가 어찌나 바보같고 매력적이던지 나는 그의 어깨를 토닥이지 않을 수가 없었다.

"너는 안전에 집착하는 사람은 아닌가 보네?"

"난 한 번도 그런 적 없어." 그는 물끄러미 바다를 바라보며 다리를 접어 세우고 팔을 뻗어 무릎 위에 걸쳤다. 내가 기억하는 그의 어렸을 적 모습이었다. 그 집 마당에 있는 놀이 집 지붕에 앉아 울타리 너머 세실 언니와 나를 지켜보던 모습.

"아이들은 다 안전감에 집착해."

"난 아니야. 나는 네가 가진 든든한 기반을 한 번도 가진 적이 없거든. 그래서 내가 안전감을 덜 추구하게 됐나 봐."

"너도 부모님이 이혼하기 전에는 안전한 느낌을 가졌을 거 아냐?"

"전혀. 아빠는 인생의 반은 늘 우울했었어. 그래서 우리가 그린란드로 이주한 거였고. 아빠가 가족을 그리워했거든." 그는 맥주병을 만지작거리며 상표를 긁었다. "그곳 풍경도 그리워했고."

"누크에서는 좀 나아졌어?"

"처음 3년 동안은 괜찮았어. 내가 그러니까…… 열다섯 살이 될 때까지는. 그리고 아빠 상태가 엄청나게 나빠졌어. 약물 치료를 받았지만, 결국엔 컴컴한 동굴에 처박힌 좀비 같은 상태가 돼서 만사를 귀찮아했어. 아빠는 노력조차 안 했어. 그래서 엄마가 아빠를 떠났지. 엄마는 내가 엄마랑 살아야 한다고 했어." 그는 잠깐 아래를 보고 고개를 들었다. "그렇다고 내가 샤워조차도 하지 않으려는 사람하고 살고 싶었던 건 아니야."

"아빠를 떠나는 게 힘들지는 않았어?" 나는 떠다니는 빙하

꼭대기, 작고 어두운 집에 홀로 남은 크리스토퍼의 아빠를 상상했다.

"아니. 우리를 떠난 사람은 아빠라고 느꼈으니까." 그의 목소리가 굳어지는 것 같았다. "그리고 엄마가 아빠를 떠난 건 잘한 거야. 엄마는 지금 행복해."

나는 그의 아빠가 어떻게 지내고 있는지 궁금했지만 물을 필요도 없었다. 그가 알아서 얘기하기 시작했으니까. "지난번에 아빠한테 갔을 때 남자들을 위한 그룹 치료를 시작했다고 하셨어. 아빠가 어렸을 때 겪은 나쁜 일이 아직도 마음에 남아 있는 것이 분명해. 그것이 뭔지는 모르겠어. 하지만……." 그는 다시 한번 병뚜껑을 공중에 튕겼지만, 이번에는 물속에 빠지기 전에 잡지 못했다. "한편으로는 아빠가 나아가기 위해서는 그런 충격이 필요했던 것 같아. 안 그러면 우리는 그대로였을 거야. 어쩌면 더 나빠졌을지도 몰라. 엄마는 아빠를 떠나야만 했어. 그렇지 않으면 엄마도 무너졌을 거야. 엄마도 그렇게 얘기해."

"힘드셨겠다!"라고 나는 말했다. 마음속에 떠오르는 첫마디가 그랬다.

그는 어깨를 으쓱했다. "그런 이유로 부모님이 헤어졌다는 걸 아는 사람은 많지 않아. 사람들은 너무나 자연스럽게 '남자가 그린란드 출신이니까'◆라는 식으로 반응하지. 그들이 어떻게 생각하는지 너무 뻔해."

보트 뒤에서 꾸르륵 물소리가 났다. 발끝이 시렸다. 나는 물에서 발을 뺐다.

"나한테 얘기해 줘서 기뻐." 내가 말했다. "너를 조금 더 이해하게 된 것 같아."

"알아. 내가 이해하기 힘든 타입일지도 모른다는 거." 그는 팔로 뒤쪽 바닥을 짚고 몸을 기대며 나를 봤다. "너하고는 다르지. 너는 무슨 생각을 하는지 뻔히 보이니까."

"그럼 지금 내가 무슨 생각하고 있게?"

"지금 당장?" 그의 눈이 나를 위아래로 천천히 살폈다. "네가 지금 뭘 생각하느냐 하면…… 이 느끼한 멍청이가 무슨 수작일까? 어릴 적 트라우마를 털어놓고 동정심을 사려고 하나?"

"하나도 재미 없거든. 그리고 어쨌든 틀렸어."

그가 나를 보고 웃었다. 어쩐지 수줍어 보이는 미소였다.

"하지만 네가 왜 나보고 여기 나오자고 했는지 아직도 모르겠어." 내가 말했다.

◆ 2023년 현재 그린란드는 덴마크령으로 300년 이상 덴마크의 지배를 받았다. 2008년 주민 투표에서 75퍼센트의 지지를 받으며, 2009년 자치권 확대 발효 기념식을 통해 사실상 독립을 선언했다.

"몰라?"

"응."

"그럼 짐작도 안 가?"

"응."

그는 맥주를 한 모금을 마시고, 한 번 또 한 번 마셨다. "우선 하나는, 나는 네가 예쁘다고 생각해. 그런 말은 해도 되지? 해도 되는 걸로 알게." 그는 결론 내렸다. "네 세계에서도."

나는 할 말이라고는 이것밖에 생각나지 않았다. "다른 이유는 뭔데?"

다음 대답을 하기까지 시간이 좀 걸렸다. "사실 아주 간단해. 너를 기쁘게 해 주고 싶어."

"왜?" 좀 잘난 체하는 물음같이 들렸다. 하지만 대답을 듣고 싶었다.

"내가 다시 돌아왔을 때 나한테 심어진 이상한 기계 작동 같은 거야. 내가 학교에서 너를 보면……." 그는 로봇 목소리를 흉내냈다. "아스트리드를. 기쁘게. 만들어라."

"내가 슬퍼 보여서 그런 거야?"

"그냥 내 마음이 그렇다고." 그가 조금, 아주 조금 몸을 움직여 우리 사이의 거리를 좁혔다. "나는 늘 내게 물어. '어떻게 하면 아스트리드를 웃게 할 수 있을까?' 언제든 뭐라도 떠오르면 그렇게 하고 싶어."

그의 손이 내 손 옆에 있었다. 그의 얼굴이 바로 가까이 있었다.

나는 그에게 키스를 해야겠다고 생각했다.

바로 지금이었다.

하지만 내 심장이 너무 세게 뛰어서 그렇게 할 수가 없었다.

그가 갑판 위에 나란히 있는 우리 손을 내려다보더니 그의 큰 손을 내 손 위에 놓고 깍지를 꼈다. 이제 나도 그 손가락들을 보았다.

내 얼굴이 화끈거렸다.

내 입술이.

내 사타구니가.

내 심장이 팔딱거리며 내 몸 구석구석, 살아 있다고 한 번도 생각해 본 적이 없는 부분까지 피를 보내고 있었다. 그때 눈 안쪽이 따뜻해져서 나는 우리 손에서 눈을 뗄 수가 없었다. 나는 이런 느낌이 가능하다는 것을 알지 못했고, 그래서 아팠다. 이렇게 행복해서는 안 되기 때문에, 미치도록 아팠다.

"하지 말까?" 그가 물었다.

나는 고개를 저었다.

그는 여전히 기다렸다. 내가 말할 차례였다. 말하고 싶고 또 말하기 싫었다. 마침내 말했다. "난 무서워."

그는 꽤 오랫동안 말이 없었다. 너무 오랫동안 조용해서 나는 잠깐 내가 소리 내어 말을 하긴 한 건지, 아니면 그가 내 말에 웃음을 참고 있는 건가 하는 의문이 들었다. 그때 그가 내 손가락을 꽉 쥐었다.

"뭐가 무서운데?"

내 눈은 아직도 우리 손만 쳐다보고 있었다. 나는 내 목소리가 갈라지지 않도록 몇 번 침을 삼켜야만 했다. "지금 이렇게 행복한 게."

그는 내게서 눈을 떼지 않았다.

세실 언니 외에 누가 나를 이런 식으로 쳐다보는 일은 드문 일이었다. 바로 코앞에서. 사실 이랬던 기억이 없었다. 그는 내 얼굴의 모든 것을 볼 수 있었다. 작은 점이나 땀구멍 하나 하나까지. 내 얼굴에는 잡티가 많은데 기절할 것 같았다.

"행복해도 괜찮아." 그가 말했다.

그리고 내게 키스했다.

긴 키스는 아니었다. 입술만 잠깐 닿았다가 그가 입술을 뗐다. 그리고 나를 향한 게 아니라 혼자서 미소를 지었다. 그리고 더 가까이 앉아 팔로 나를 둘렀다. 고개를 숙여 내 어깨에 입맞춤했다.

나는 떨기 시작했다. 그가 방금 내게 독감을 옮기기라도 한 것처럼 온몸에 한기가 돌고 메스꺼웠다.

"너, 떨고 있어. 추워?"

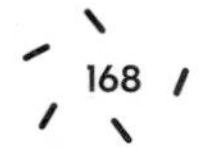

항구에서 자전거를 타고 천천히 집으로 갈 때 나는 다른 사람이었다. 자전거 페달을 돌리는 사람은 내가 아니라 낯선 소녀였다. 난생처음 자전거에 앉아 본 사람처럼 더 부드럽고, 더 신중하고, 더 행복했다. 하지만 집에 도착하자 나는 다시 나로 돌아왔다. 아빠 차가 벌써 진입로에 들어와 있었다. 4시 반밖에 안 됐는데, 아빠는 원래 이렇게 일찍 집에 오지 않는다. 다용도실 문이 열려 덜컹거리고 있었다. 엄마가 바람이 들어오는 것을 싫어하기 때문에 열려 있는 적이 없었다.

"정확히 내가 뭘 해 주길 바라는 거야?"

"나라고 이런 일에 매뉴얼이 있는 건 아니잖아. 안 그래?"

말소리는 부엌에서 나고 있었다. 엄마는 피곤한 목소리였다. "최소한 당신이 전화해서 얘기할 수 있잖아? 어떤 절차라는 게 있을 거 아니야."

"여행사는 사업체야 자선단체가 아니라고. 그 사람들은 전혀 신경 안 써. 그저 의사 소견서를 원할 뿐이야. 당신이 애하고 의사를 만나고 나면 얘기하자고."

"그럼 이제 또 전부 나한테 달린 거네?"

나는 문을 밀어서 열었다. 엄마는 의자 끝에 걸터앉아 있었다. 엄청난 압력을 풀어 보려는 듯이 손가락으로 관자놀이를 누르고 있었다. 아빠는 그냥 엄마 앞에 서서 노려보며 몸의 무게를 한쪽 발에서 다른 쪽 발로 옮기고 있었다.

엄마를 그냥 안아 주기만 하면 된다는 것을 아빠는 왜 모를까? 다 필요 없고 지금 엄마에게 필요한 건 그거라는 것을. 아마도 결혼 생활 중 어느 시점엔가 포옹이 바닥났나 보다. 그래, 그랬나 보다. 그래서 더는 어떻게 해야 할지 모르고 그냥 거기 서서 흔들거리기만 하고 있는 거다.

"아스트리드!" 엄마가 나를 보고 손을 내렸다. "종일 어디 갔었니? 너희 둘이 같이 공부할 줄 알았는데?"

내 뱃속의 덩어리가 다시 단단해졌다. "무슨 일 있어?"

"세실이 시험을 전부 취소하고 싶단다." 엄마가 말했다.

마치 파도에 맞아 쓰러지고 몇 초 동안 산소 공급이 끊어진 것 같았다.

"대신에 8월에 보충 시험을 보겠대. 세실이 그러는데 너랑

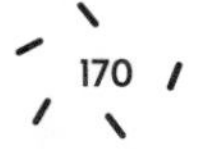

그 얘기 몇 번 했다던데?"

엄마가 말하는 동안 아빠는 나를 뚫어지게 쳐다보고 있었다. 눈으로 내게 말하는 것 같았다. '우리 얘기가 끝났다고 생각했는데, 아스트리드? 이번에 세실이 잘 넘길 수 있게 하기로 했잖아?'

나는 복도 안쪽으로 가 세실 언니의 문 앞에 섰다. 문을 노크하고 내 손을, 피부밑에 꼬여 있는 얇은 보랏빛 핏줄을 물끄러미 봤다. 늘 보던 손이었지만, 갑자기 그 손이 다르게 행동할 수도 있었다는 것을 알았다.

나는 다시 되돌아 나가 부엌을 통과해서 그냥 집을 떠나 버릴까 생각했다. 방문을 열었다. 이제 모든 것이 여느 때와 같은 느낌이고, 여느 때와 같이 행동하고 있었다. 언니는 침대에 앉아 있고 나는 언니의 옆으로 가 그녀의 손을 감싸 쥐었다.

"엄마하고 아빠가 엄청 화냈어." 언니는 울고 있었다. 조금 전에 울음을 멈춘 듯했다. 창백한 얼굴에 아직도 눈물 자국이 남아 있었다. "내가 아주 오랫동안 생각했고 8월에 보충 시험으로 대신하고 싶다고 말했어. 그래서 이제 여름휴가를 7월로 바꿔야 하는데 그렇게 하는 게 골치 아프니까 아빠는 화가 났어." 언니는 한동안 눈을 감았다가 떴다. "월요일에 엄마하고 의사 만나서 소견서 받아야 해."

"그런데…… 왜 시험을 미루고 싶은데?"

"왜냐하면 지금 내 상태가 나쁘니까."

나는 생각했다. '하지만 나쁜 상태가 몇 달이고 계속되면 어떻게 하려고? 8월까지도 준비가 안 되면 어떻게 해? 언니의 나쁜 상태가 잠깐이 아니라 평생을 간다면 어떻게 하려고?'

"학교에서 그렇게 해도된대?" 나는 침을 꿀꺽 삼켰다. "그렇게 간단하게?"

"응, 의사의 소견서만 있으면. 다행히 내 병력을 알고 있으니까. 엄마가 전화해서 월요일에 의사를 만난 후에 바로 학생 상담사와 만나기로 했어. 그렇게 만나는 건 다…… 형식적인 일이야." 언니가 훌쩍거렸다. "너도 갈래?"

"당연하지."

"아빠는 어처구니없다고 생각해." 언니는 눈을 빠르게 깜박였지만, 눈물은 나오지 않았다. "너도 멍청한 일이라고 생각하니?"

내 머릿속에서는 내가 순진하게도 혼자서 걸어 들어갈 수 있다고 생각했던 건물이 무너지는 듯 모든 것이 와르르 무너지고 있었다. 크레타섬으로 가는 휴가가 7월로 바뀌면 요나스와 함께 가는 인터레일 여행과 겹칠 수도 있었다. 그리고 세실 언니가 8월까지 시험을 미루면 어떻게 되는 거지? 언니가 여름방학 내내 공부를 한다는 건가? 그럼 나는 언니와 같이 공부를 해야 하나?

"언니는 멍청하지 않아." 나는 간신히 이렇게 말했다. "잘 될 거야."

"그렇게 생각해?"

"응. 물론이지."

언니가 느닷없이 내 얼굴에서 무언가를 발견한듯 나를 뚫어지게 봤다. "너 행복해 보여."

오늘 오후 생각에 내 심장이 심하게 그리고 불규칙하게 두근거리기 시작했다. "내가?"

"너희 키스했지, 안 그래? 너하고 크리스토퍼?"

"그게…… 맞아."

"한 번?"

키스를 전부 센다는 것은 생각조차도 할 수 없었다. "언니가 걔에 대해 한 말 잊지 않았어. 아무 여자애나 쉽게 만난다는 말. 하지만 정말이지 모든 게…… 진심인 것 같았어."

"알았어." 내 대답에 불안해졌는지 언니가 손톱을 물어뜯었다. 나는 크리스토퍼가 나를 기쁘게 해 주고 싶다는 말을 거짓말로 할 타입이라고 생각하는지 언니에게 물어볼까 말까 고민했다. 그가 섹스하고 싶어 새로 꼬시는 모든 여자애에게 하는 입발림 소리라고 생각하는지. 하지만 지금 당장 언니의 대답을 듣고 싶지는 않았다.

나는 행복하고 싶었다.

"그 애한테 푹 빠졌어?" 언니가 그 자리에 앉아 나를 뚫어지게 쳐다보며 손톱을 물어뜯었다.

"아니." 나는 코웃음을 치며 말했다.

"다시 만날 거야?"

"음…… 응. 금요일 날 그 애 집에서."

언니가 더 깊게 숨을 쉬었다. 마치 갈비뼈 위에 얹어 있는 것을 폐의 힘으로만 떨구려고 하는 것 같았다.

"창문 좀 열까?" 나는 이미 일어서 있었다.

언니가 고개를 저었다.

"제대로 이불 덮고 누울래?" 내가 권하는 말이 다른 사람 소리처럼 들렸다.

이불을 잘 펴서 언니를 푹 덮어 주고 언니가 좋아하는 따뜻하고 안락한 고치 속에 있는 느낌이 들도록 언니 몸 주위를 꼭꼭 눌러 줄 때도 마치 내 몸 밖에서 나를 보고 있는 것 같았다.

"미안해." 언니가 얼굴만 빼꼼히 내밀고 누워서 말했다. "네 얘기를 듣고 싶지 않은 건 아니야. 단지 지금은 아니라서 그래."

"알았어."

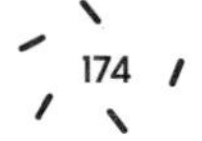

"엉망진창인 하루라 그래. 미안."

"미안하단 말은 그만해."

우리 중 나무에 먼저 올라간 사람, 손 놓고 자전거 타기를 먼저 한 사람은 언니였다. 남자 친구를 먼저 사귀는 사람, 고등학교를 먼저 졸업하는 사람, 앞길을 먼저 닦는 사람도 언니여야 했다. 언니들은 다 그래야 한다. 언니들은 동생의 준비되지 않은 일을 하고, 현명하고 강해야 하며, 동생들은 그들을 우러러보고 조금은 남몰래 질투도 해야 한다.

세실 언니는 우리 사이가 어때야 하는지 생각하는 것이 분명했다.

내가 동생이어야 하고.

자신이 언니여야 한다고.

그리고 나는 그런 건 상관없다고 언니에게 말할 수 있으면 좋겠다. 그것은 전혀 중요하지 않다고. 나는 언니를 있는 그대로 사랑한다고.

벽 너머에서 언니가 우는 소리가 들렸다. 엄마나 내가 들었으면 하고 우는 소리가 아니었다. 베개에 얼굴을 파묻고 소리 죽여 우는 소리였다.

내가 언니에게 더 좋은 언니 노릇을 할 수 있으면 얼마나 좋을까.

금요일 오후 크리스토퍼 집으로 가는 길, 모든 것이 비현실적으로 느껴졌다. 머릿속에는 부모님의 실망한 얼굴과 잔뜩 몸을 웅크려 작은 공처럼 침대로 굴러 들어갔다 굴러 나왔다 하며 밥 먹고 드라마 보는 세실 언니 생각뿐이었다.

보트와 키스, 이것들은 모두 유치한 꿈처럼 보였다.

하지만 그때 그가 문을 열었고 우리가 바로 그 시간, 바로 그곳, 문간에서 키스해야 하는 것이 자연의 법칙처럼 느껴졌다. 우리는 포옹을 했다. 우리는 잠시 서로를 껴안고 거기 그대로 서 있었다.

“네가 안 오면 어쩌나 했어.” 그가 내 머리카락에 입을 대고 말했다.

“뭐?” 저절로 웃음이 나왔다.

"문자로는 너무 담담한 척해서." 그가 나를 놓아주며 귀엽게 울상을 지었다. "내가 꼭 침 흘리는 강아지 같아."

우리는 정원용 가구가 몇 개 있는 작고 네모난 잔디 마당에 잠시 앉아 있다가 위층으로 올라갔다.

우리는 오래지 않아 침대에 누워 있었다.

그의 입은 따뜻하고 좋은 맛이 났다. 내 윗도리는 위로 들려지고 그는 손가락으로 내 배꼽 주위에 원을 그렸다. 나는 숨을 멈췄다. 그의 티셔츠 아래로 손을 넣어 손가락으로 그의 근육이 만드는 윤곽을 더듬고 그의 배 가장 아래쪽에 난 비단처럼 부드러운 털을 만졌다.

그는 나를 보며 미소 지었다.

그가 무슨 생각을 하는지 모르겠다.

어쩌면 내가 일부러 늑장을 부린다고 느꼈을지도 모른다. 어쩌면 내가 스웨터를 벗어 던지고 그에게 올라타지 않아서, 내가 그의 성기를 잡고 내 입에 넣지 않아서 실망스러웠는지도 모른다. 나는 그의 차가운 금속 버클을 손가락 끝으로 천천히 쓰다듬으며 툭 불거져나온 부분에 가까워졌다. 그의 몸이 부르르 떨렸다.

"나, 콘돔이 없어." 그의 목소리가 쉬었다. 그는 목청을 가다듬었다. "멍청한 일이란 거 알아."

"알았어, 그런데…… 난 피임약 복용 안 하는데."

"그게 아니라…… 네 기대치를 좀 조절하려는 거야." 그가 웃어 보였다. "조금 낮춰."

"아." 나는 이번에 섹스로 끝나지 않게 된 것에 안심했지만, 아무렇지 않은 표정을 지으려 애썼다. 마치 2주일간 데이트를 할 때까지는 아무하고도 잠자지 않는 여자처럼.

우리는 얼마 동안 말없이 서로를 쓰다듬으며 누워 있었다. 그의 눈은 약간 몽롱했다. 그는 내가 그의 몸의 특별한 부분, 겨드랑이 부근의 부드러운 피부를 만질 때마다 눈을 힘주어 가늘게 떴다.

"사실 난 이전에는 술에 취했을 때만 그걸 했어. 어떻게 보면 나는 술이 깨어 있을 땐 숫총각이나 다름없는 것 같아. 솔직히 술에 안 취했을 땐 어떻게 하는지 모르겠어. 아마 내 거시기는 보드카를 마셔야 제 기능을 하나?"

어쩌면 지금이 '나도 처녀라고, 내가 남자하고 반나체로 있은 적이 한 손가락 안에 꼽히며 거의 1년은 된 것 같다'고 웃으며 말해야 하는 순간인지도 몰랐다.

"내가 분위기 망친 거야?" 내가 아무 말도 하지 않자 그가 물었다.

"조금."

"그럴 줄 알았어."

나는 침을 삼켰다. 나도 내 마음을 나누고 싶었다. "보트 타고 데리고 나가 줘서 기뻐."

"그래?"

그가 너무 깜짝 놀라서 기분이 상할 뻔했다. "응. 왜 안 그렇겠어?"

"지난여름에 내가 돌아오고 나서 너한테 인사할 때마다 날 도끼눈으로 쳐다봤잖아."

"그건 사실과 다르지." 나는 조금 움직여 그에게서 조금 떨어졌다.

"내 말은, 우리가 마주칠 때 몇 마디라도 할 수 있었잖아. '안녕, 크리스토퍼. 잘 돌아왔어? 잘 지내고 있지?' 이런 거."

"그렇지만 넌 늘 그 번지르르한 바보들하고 몰려다녔잖아. 네가 복도에서 혼자 있는 걸 본 적이 없어."

"야, 내 친구들 좀 잘 봐줘." 그는 내 귓불을 꼬집었다. "그리고 그 번지르르함 뒤에 항상 뭔가가 있다는 걸 잊지 말라고. 괴짜 짓이나 냉정함 또는 다정함 뒤에도 늘 뭔가가 있는 것처럼 말이야."

"모든 사람이 보여 주는 것 이면에 뭔가를 숨기고 있다는 건 알아."

"알아?" 그는 내 머리카락을 조금 잡고 천천히 들어 올렸다.

"응." 나는 내 머리카락을 다시 잡아당겼다. "그러니까 고맙지만, 기본 심리학 강의는 넣어 둬."

그는 아랫입술을 구기듯이 입술을 물었다. 반은 의심스러워하고 반은 미안해하는 표정이었다. "그건 그렇고 세실은 잘하고 있어?"

이것이 요나스도 언니에 대해 물을 때 생각할 수 있는 유일한 질문이었다. 이 질문, 가장 논리에 맞는 질문이 나를 가장 불편하게 했다. 마치 그녀가 독감에 걸렸으니 얼른 나아야지 하는 투였다.

"사실, 8월 보충 시험으로 치르기로 했어." 내 목구멍이 조여왔다. "부담 좀 덜어 내려고."

그가 내 손을 잡고 꽉 힘을 줬다. "그게 화 나는구나?"

"아니야." 나는 억지로 웃었다. "그냥, 언니가 여름 방학을 공부하며 보내야 한다는 게 거지같아."

학생 상담사 사무실은 총무실 바로 옆에 있었다. 엄마가 들어가 우리가 왔다고 알렸다. 세실 언니는 내 손가락을 꽉 쥐고 있었다. 우리는 여기 오는 내내 손을 잡고 있었다. 병원 대기실에서도, 차 뒷자리에 앉아 있었을 때도, 엄마가 라디오 토크 프로그램을 틀고 1초가 멀다 하고 뒷거울로 우리를 확인했을 때도.

우리는 식당 '욕조'를 뚫어지게 내려다보고 있었다. 탁자에 옹기종기 모여 앉아 얘기하는 소리가 희미하게 들렸다. 아주 적은 수의 학생과 교사가 복도를 잰걸음으로 지나갔다. 시험이 주는 팽팽한 긴장감이 배에서 느껴졌다. 4일 뒤면 내 차례였다.

"제이콥 선생님이 나한테 정말 실망하실 거야." 세실 언니가 말했다.

나는 언니 손을 꼭 쥐었다. "이해하실 거야."

언니의 결석 문제로 부모님이 불려간 여러 면담 외에도 언니는 몇 년간 혼자서 참석한 정기적인 '복지 상담'에서 그 학생 상담사를 만났다. 제이콥 선생님은 학교에서 언니가 좋아하는 유일한 어른이었다. 그녀가 싸우고 있는 게 무엇인지 이해하려 노력하는 유일한 사람. 세실 언니의 '심리적 도전'을 담당 교사들에게 계속 보고하고 그 사실을 최대한 고려해 달라고 요구하는 것이 그의 일이었다.

나는 종종 교사들이 언니 같은 학생들을 정말로 어떻게 생각할까 궁금했다. 그녀가 잘 견뎌내기를 바랄까, 아니면 너무 의지가 약하니 포기해야 한다고 생각할까?

나는 엄마와 세실 언니가 안에서 면담하는 동안 건물 밖 벤치에 앉아 기다렸다. 태양이 이글거렸다. 티셔츠 소매를 걷어 올리고 전화기를 꺼내 요나스에게 앞으로 30분 정도 학교에 있을 텐데 오겠냐는 문자를 보냈다. 그는 학교 바로 옆에 살아서 2분이면 올 수 있었다.

'미안, 방금 목욕시작했어.' 그가 문자를 보냈다.

그는 금이 간 욕조 턱에 걸친 맨다리 사진과 한 병의 초코 우유 사진을 보냈다.

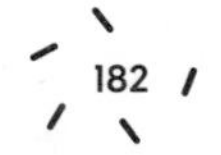

'알았어, 그럼 나 혼자 여기 앉아 있어야지 뭐.'

'사진이 더 필요하면 말해.' 요나스는 나의 고독함에 대해서는 아무 말도 없었다.

여름이 지나고 2학년이 되면 나와 요나스는 단짝 친구가 아닐 것이 분명했다. 나는 그에게 세실 언니가 시험을 취소하는 것에 대해 아직 얘기하지 않았고 그도 물어보지 않았다. 나도 내가 누굴 만나고 있는지 말하지 않았다. 우리 사이에 야릇한 균열이 생겼지만, 나는 어떻게 해결해야 할지 몰랐다.

나는 크리스토퍼에게 전화를 걸었다. 그가 바로 받았다. 기분이 즐겁고 상쾌해졌다. 이제 내 곁에 요나스는 없을지 모르지만 대신 크리스토퍼가 있었다. 그는 나를 위해 있었다. 변함없이. 언제든지.

"내가 거기로 갈까?" 그가 물었다.

전화기에서 띵 소리가 났다. 요나스가 마음을 바꿔 오겠다고 하는 건 아닐까 하는 생각이 들었다.

"괜찮아."

"공부하려고 마당에 나와 있어, 그런데 정말 방해받고 싶어. 그리고 네가 슬픈 것 같아."

"그냥 언니가 너희처럼 졸업하지 않는다는 게 이상해. 이건…… 아니야."

"정말 내가 안 가도 되겠어?"

그 순간에 캐롤라인이 내 눈에 들어왔다. 그녀는 그 머뭇거리는 듯한, 설치류 같은 폼으로 내 쪽으로 걸어오고 있었다. 눈이 마주치자 그녀는 다른 곳을 봤다. 하지만 나는 팔을 들어 캐롤라인이 무시할 수 없도록 열심히 흔들었다. 그러자 그녀가 내 쪽으로 향했다.

"내일 만날 수 있을까?" 내가 말했다. "너희 집에서?"

"조만간 너희 집에서 보는 건 어때?"

"때가 되면."

그는 잠시 조용했다. "내가 네 생각을 너무 많이 하는 것 같아. 조금 위험해."

"그게 왜 위험한데?"

"왜냐하면 아직도 네가 날 좋아한다는 확신이 없으니까."

"바보같기는." 우리는 인사를 하고 캐롤라인이 내 앞에 딱 멈췄을 때 전화를 끊었다.

"안녕." 그녀가 말했다. "오늘 시험 있어?"

"아니, 엄마하고 세실 언니 기다리고 있어. 제이콥 선생님하고 얘기 중이야."

"아." 그녀가 한 말은 이게 전부였다. 세실 언니가 학생 상담사 사무실에서 뭘 하고 있는지 궁금해하지 않아서 진짜 놀랐다.

"금방 나올 거야. 잠깐 기다렸다가 인사라도 할래?"

"30분 있다가 독일어 시험이 있어." 그녀는 시계를 힐끔 보고 눈길을 돌렸다. "안으로 들어가야 해."

그녀는 세실 언니에게 인사를 전해달라는 말도 없이 그냥 가 버렸다. 나는 쫓아가서 무슨 친구가 그러냐고 묻고 싶은 마음이 굴뚝같았다. 세실 언니가 가장 나쁜 상황에 있을 때 언니를 위해 함께해 줄 생각이 전혀 없냐고. 하지만 줄곧 내가 옳았는지 모르겠다. 그들은 다른 사람들이 모두 무리를 이루고 있어서 어쩔 수 없이 어울리는 그런 친구일지도 몰랐다.

전화기를 봤더니 문자를 보낸 것은 요나스가 아니라 베로니카였다.

'안녕, 아스트리드. 금요일 몇 시에 시험 보니? 내가 가서 응원해 줄게.'

세실 언니는 의사와 학생 상담사에게 보충 시험을 치러도 된다는 승인을 받았다. 이제 여행 티켓을 바꾸는 일만 남았다. 그날 저녁에 엄마는 안도하는 것 같았다. 아빠는 달리기를 오래 했다. 언니에게 잘 자라는 인사를 하고 나도 잘 준비를 하고 있을 때 엄마가 내 방으로 와 문을 닫았다.

"얘기할 게 있어. 여름휴가에 관한 일이야." 엄마는 내 방 모습에 깜짝 놀란 듯이 방 안을 둘러보며 말했다. 곰돌이 푸우 포스터나 봉제 인형들도 없고 오직 옷과 책들, 그리고 가방들만 있었다.

"뭔데?" 나는 침대에 풀썩 앉았다.

"너도 알다시피 우리가 여름휴가를 바꿔야 하잖아. 8월은 이제 불가능하니까, 7월 18일 토요일에 출발하면 아빠 회사 일정에 제일 잘 맞을 것 같아." 엄마가 불행한 미소를 살짝 지었다. "그러면 요나스와 가는 여행하고 겹친다는 거 알아. 그 여행을 바꿀 방법은 없을까?"

"벌써 인터레일 패스를 샀는걸. 우리가 여행할 수 있는 날은 7월뿐이야."

"그래도 18일 전에 갈 수는 없어?"

"요나스가 엄마와 형들하고 스웨덴에 간다고. 걔네 집은 언제나 7월 첫째, 둘째 주에 가."

"알았어." 그녀는 손으로 눈을 비볐다. "물론 너는 요나스하고 가야겠지. 너희 둘 다 그 여행을 정말 오랫동안 기다렸으니까. 아빠 엄마는 이해해. 우리가 그냥 너 없이 가야지 뭐."

하지만 그녀의 얼굴은 그 여행은 당연히 재앙이 될 거라고 말하고 있었다. 절대로 그들 셋이서 서로 연결해 주는 고리 없이 꼬박 일주일을 참아 낼 수는 없을 것이었다.

"내가 같이 갈 수 있을 것 같아." 나는 깊은 한숨을 쉰 후 말했다.

엄마는 괜찮다고 말하려고 애를 썼다. 하지만 그녀의 입에서는 제대로 연결하지도 못하는 작고, 잘 들리지도 않는 말들만 나왔다. "아니야…… 아가…… 너한테 중요한 여행인데…… 네가 가야 하는데…… 요나스가 아주……."

"진심이야, 괜찮아. 정말이야."

"정말 괜찮겠어?" 그녀는 매우 피곤해 보였다. 이유 없이 빽빽 울어대는 갓난아기 때문에 한숨도 못 잔 사람같았다.

"응. 식구들하고 휴가 가는 게 더 좋아."

엄마가 나를 껴안았다. 나는 잠깐, 그녀가 울까 봐 겁이 났다.

"고맙다."

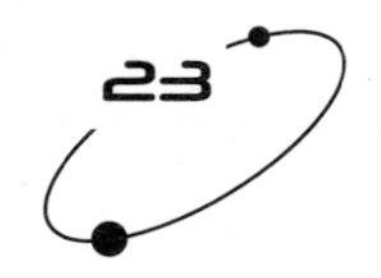

사회과목 때문에 나는 온통 벌게지고 끈적끈적해졌다. 시험실에서 나올 때 내 윗도리에 얼룩진 땀 자국을 불쾌한 듯 가리키며 요나스와 베로니카의 포옹을 피했다. 걔들은 어제 시험을 치렀지만 나는 공부해야 한다는 핑계를 대고 가 보지도 않았다.

"잘했어?" 요나스는 평소 다른 사람들과 유지하는 거리보다 가깝게 베로니카 곁에 서 있었다.

"모르겠어."

"문제가 뭐였어?" 베로니카가 물었다.

"개발 원조."

2분 뒤 내 이름이 불렸을 때 선생님은 벌써 문간에서 웃고 있었고, 시험관은 내가 미처 자리에 앉기도 전에 내가 시제를

잘 다뤘으며, 내 설명이 간결하고 명확했다고, 그러니 가장 높은 점수 12점을 받고 여름을 지낼 수 있다고 말했다. 요나스와 베로니카가 환호성을 질렀고 어쩐지 이제는 우리 셋 다 시험이 끝났으니 항구로 가서 축하해야만 할 것 같았다. 30분 뒤, 우리는 카푸치노를 후루룩 마시며 블루베리 머핀을 먹고 있었다. 요나스가 너무 큰소리로 트림을 하자 베로니카가 그의 등을 세게 치며 "어이, 카우보이!" 라고 말했다.

그래, 이제는 알겠다. 사실 둘이 꽤 잘 어울릴지도 모른다.

"이제 방학만 남았어." 요나스가 말했다. "와, 대박 좋아! 이제 자유다!"

"와아!" 베로니카가 나를 옆눈으로 힐끗 보며 말했다. "방학이다!"

지난번 요나스와 카페에서 서먹하게 만난 이후 나는 둘 중 아무에게도 인터레일 여행 얘기를 한 적이 없었다. 어쩌면 두 사람 다 내가 먼저 얘기하기를 기다리고 있거나, 아니면 나 모르게 벌써 계획을 짰을 수도 있었다.

"그래, 방학이네. 야호." 내가 말했다.

요나스가 내 어깨를 찰싹 때렸다. "무슨 일 있어?"

"아니, 크레타섬으로 가는 휴가가 7월 중순으로 바뀌었어. 우리가 그때 여행 가기로 한 거 나도 아는데, 이제는 너희 둘이서 가야 할 것 같아." 나는 관자놀이가 뻑뻑해질 때까지 입꼬리를 한껏 끌어내렸다. "알겠지! 네가 예견한 그대로 됐다고!"

둘 다 한마디 않고 나를 뚫어지게 쳐다봤다. 이 소식이 그들에게는 아플 거라고 생각했는데도 침묵이 당황스러웠다.

"나, 화장실 갔다 올게." 베로니카가 컵을 내려놓고 일어섰다. 그리고 보라색 크록스를 신고 슬리퍼 소리를 내며 차분히 산책로를 걸어갔다. 우리는 베로니카가 화장실 쪽 모퉁이를 돌 때까지 그녀를 말없이 바라봤다.

"왜 휴가를 바꿔야 하는데?" 마침내 그가 물었다.

"언니가 8월에 보충 시험을 보겠대. 모든 과목을."

그는 다시 조용해졌다. 나는 속으로 그 침묵이 집안 상황은 어떤지 물어보지 않는 것에 대한 그의 어색함을 감추는 것이길 바라고 있었다.

"너는 그게 세실에게 최선이라고 생각하지 않는구나?"

"넌 그렇게 생각해?"

"그래, 물론 거지같지. 하지만 어쨌든 졸업은 하게 될지도 모르잖아. 그리고 세실이 죽는 것도 아니고, 안 그래?"

죽음은 요나스가 늘 내미는 비장의 카드였다. 그 말에 대항하기는 참 힘들었다.

"이제는 정신적인 병도 다리가 부러지는 것과 같다고 생각한다잖아?" 그는 계속했다. "이제는 금기시되는 병도 아니고, 그렇지?"

나는 그렇게 억지로 비교하는 것을 절대 이해하지 못했다.

다리가 부러진 사람들은 부러진 다리가 있었다.

불안 장애를 앓는 사람들은 머리에 푹 뒤집어쓴 검은 후드가 있는 것이었다.

"아니, 죽는 건 아니지. 그 말은 맞아."

"나는 왜 세실에게 약을 쓰지 않는지 아직도 이해가 안 가." 그의 목소리는 낮아서 거의 웅얼거리게 들렸다. "정말 네 말대로 그렇게 상태가 나쁘면 말이야."

나는 온갖 말을 그에게 퍼부어 줄까 하고 잠깐 고민했다.

우리 아빠는 약물 치료에 반대하고 불안감은 의지력으로 싸워내야 하는 거라고 생각했다. 엄마는 세실 언니 스스로 결정해야 한다고 했다. 의사가 약물 치료와 치료 요법을 권유하더라도 어떻게 열여덟 살 먹은 사람에게 하기 싫다는 일을 억지로 하게 할 수 있느냐고. 어쨌거나, 부모가 언니에게 요구할 수 있는 것에 대해 아빠는 이런 생각이고 엄마는 완전히 다른 생각이라서 두 분이 늘 그 문제로 싸우고, 나는 두 분이 더는 서로를 사랑하지 않을까 봐 두려웠다. 두 분이 오래전에 한 팀이기를 그만 뒀을까 봐 두려웠다.

나는 이 모든 것을 설명할 수도 있지만, 그냥 그러고 싶지 않았다. 갈매기들이 폴짝거리며 더 가까이 오고 있었다. 뒤쪽으로 날개를 펴고 눈은 내가 남긴 케이크 부스러기에 박은 채

귀에 거슬리게 울어대고 있었다.

"너, 진짜로 우리 여행에서 그냥 빠지고 싶은 거야?" 그가 물었다. "가족과 가는 여행보다 우리랑 여행가는 게 너에게 더 중요하다는 걸 부모님이 이해해야 하는 거 아니야? 넌 열여섯 살이라고."

"내가 같이 가야 해. 안 그러면 자기들끼리 잘 지낼 수가 없거든."

"그게 너 때문이야? 이 모든 일에 네가 희생해야 하냐고?"

내가 요나스를 힐끗 쳐다보자, 그는 입을 다물어야 할 때라는 걸 이해한 듯 싶었다.

요나스가 헛기침을 했다. "부모님께는 무슨 점수 받았는지 말했어?"

"아직." 나는 전화기를 꺼냈다. 문자 두 개. 엄마가 어떻게 됐는지 묻는 문자 하나. 크리스토퍼가 같은 걸 묻는, 하지만 좀 더 긴 문자 하나. 세실 언니는 문자를 하지 않았다. 내가 언니에게 문자 하겠다고 약속했다. 나는 모두에게 12라고 써서 보냈다. 다른 말은 없이.

크리스토퍼가 바로 답장을 보냈다.

'사회과목 여신이네! 즐거운 여름방학 보내.'

나는 답장을 쓰기 시작했다.

"세실에게 문자 쓰는 거야?" 요나스는 내 입김에서 보드카

냄새를 잡아내는 A.A◆ 사람같이 말했다.

"아니. 정말로 궁금하다면 얘기해 줄게. 크리스토퍼한테 문자하는 거야."

"전 이웃 크리스토퍼?" 그의 눈이 동그래졌다. "네 인생에 아주 많은 일이 일어나고 있구나, 어?"

나는 어깨를 으쓱했다. "두 번밖에 안 만났어."

"축하해." 그는 내게 보일 듯 말 듯 야릇한 미소를 지었다. "정말이야. 네가 행복하다면 그건 멋진 일이니까."

나는 생각했다.

'내가 어떻게 지내는지 정말 모르겠어? 언니의 인생이 도돌이표에서 헤어날 수가 없는데, 내가 좋아라 놀고 다니는 것이 불가능하다는 게 안 보여?'

돌아온 베로니카가 요나스 옆자리에 앉았다.

그날 오후 우리는 인터레일 여행 얘기를 더는 하지 않았다.

◆ 알코올 중독자 갱생회, 1935년 미국에서 결성된 알코올 중독자 재활을 위한 조직

우리 여름휴가 일정은 다음 날 정해졌다. 티켓이 변경되었고 우리는 7월 중순에 출발할 것이다. 이는 세실 언니가 첫 번째 보충 시험을 보기 전에 공부할 시간이 거의 2주 남았다는 뜻이었다. 나는 이 상황을 어떻게 할 것인지 거의 정리했다. 요나스와 함께 가는 인터레일 여행은 베로니카를 달고는 어찌 됐건 똑같지는 않을 것이다. 그리고 어쩌면 우리 네 식구가 수영장에서 진짜로 쉴 수 있을지도 모른다. 어쩌면 그것이 우리 가족에게 꼭 필요한 것인지도 모른다.

모든 것이 나아질 거라고 나 자신에게 말했다.

모든 것이 더 제대로 자리를 잡고 안정될 것이라고.

하지만 현실은 그렇게 돌아가지 않았다.

세실 언니는 비행기가 추락하는 꿈, 우리가 전부 바다에 떨어져 죽기 전에 어둠 속에서 활활 타는 꿈을 꿨다고 했다. 그래서 이제는 똑같은 꿈을 꿀까 봐 무서워서 잠드는 것을 두려워했다.

"그런 생각은 하지 마." 내가 말했다. "하루에 얼마나 많은 비행기가 뜨는지 그리고 모두 무사하다는 걸 생각해 봐."

하지만 불안감과 언쟁을 할 수는 없는 일이다. 언니는 계속해서 그 얘기를 하고 계속해서 꿈을 꿨다.

그러자 부엌에서 엄마가 언니에게 출발할 때가 돼도 여전히 비행기를 타는 것이 무서우면, 언니는 엄마와 집에 있고 아빠하고 나만 휴가를 가면 된다고 말했다. 나는 정원으로 나가 선글라스 뒤에 숨어 음악이 나오는 이어폰을 귀에 꼽았다. 잠시 후 엄마가 밖으로 나와 내 옆에 앉아서 물론 우리 넷이 갈 거라고 나를 안심시켰다. 집에 있겠다고 한 말은 세실 언니가 압박감을 느끼지 않게 하고 늘 빠져 있는 강박관념에서 벗어나게 하려고 지어낸 약속일 뿐이라고 했다.

그럴듯했다.

사람들은 효과가 있을 거라고 생각할 것이었다.

하지만 엄마와 얘기를 한 뒤에 언니는 어느 때보다 더 나빠진 것 같았다. 많이 울었다. 자기 방에서 조용히 혼자 우는 게 아니라 콧물에 눈물에 흐느끼는 소리가 부엌으로 복도로, 언니가 추리닝 바지를 입고 힘겹게 돌아다니는 곳마다 들렸다.

미래는 우리가 건너야 하는, 통과해야 하는 작은 잿빛 들판이라고 나는 쉬지 않고 생각했다. 아직은 6월이니까 일단 시험이 끝나고 언니가 남들과 같이 졸업하지 못한다는 것을 계속해서 상기시키지 않는다면 세실 언니는 좋아질지도 모른다. 3주만 있으면 우리는 크레타섬으로 갈 것이고 그다음에 언니는 보충 시험을 치르고 언니 인생을 살아가는 거다.

나는 그렇게 되기를 바랐다.

그렇게 될 거라고 나 자신을 거의 설득할 뻔했다.

그런데 토요일 밤에 부모님이 거실에서 다투는 소리가 들렸다. 엄마는 세실 언니가 담당 의사를 다시 만나 정신과 진료용 의뢰서를 받았으면 좋겠다고 했다. 아빠는 의미 없는 일이라면서 지금까지 언니가 자살 위험까지 간 적은 없다고 했다.

"무슨 말을 그렇게 해?" 아빠가 '자살'이라는 말을 사용하자 엄마 목소리가 올라갔다. "그리고 당신이 대체 어떻게 알아?"

엿듣지 말 걸 그랬다. 여기에 서서 부모님이 저런 식으로 말하는 것을 정말 듣고 싶지 않았다. 뭔가 차가운 것이 내 심장을 쥐어짜는 것 같았다.

"애가 의지가 없는 거야." 아빠가 말했다. "의사가 아니라도 누구든 알 수 있어."

"그래, 바로 그러니까 정신과 의사에게 진단받게 하고 싶은

거야. 뭐 다른 데가 잘못 됐으면 어떻게 해? 단순히 불안 장애가 아니면 어쩌려고?"

"다른 문제 뭐?"

"그거 알아? 우리 딸이 뭐가 문제인지 알려고 애쓰는 사람은 당신이 아니야. 나라고! 애가 우울해 보이잖아!"

"그래, 어련하겠어." 아빠가 심하게 코웃음을 쳤다. "그게 놀랄 일은 아니잖아? 자기 삶이 제자리걸음인데 우울감은 당연히 따라오는 거지."

나는 더는 듣고 싶지 않았다. 내 방으로 가서 베개에 머리를 묻고 이 집안 누구도 들을 수 없도록 숨죽여 울었다.

다음 날 아침 언니가 부르는 소리를 들었는데도 나는 그 방문을 몰래 지나갔다. 나는 주택가를 오랫동안 걸어 다녔다. 도롯가 연석에 앉아 사람들의 아침 일상을 지켜봤다. 개를 산책시키는 사람들, 형광색을 입고 달리는 사람들, 애들을 가득 태우고 긴 진출로를 빠져나오는 차들.

크리스토퍼에게서 저녁에 자기 집에 오겠냐고 묻는 문자가 왔다.

'역사 공부해야 하지 않아?' 나는 답을 했다. 그의 마지막 시험이자 가장 중요한 시험이었다. 이 시험에서 받은 점수가 모자에 써질 것이기 때문이었다. 스트레스도 많이 받고 정신없어야 하는데 그는 그렇지 않았다. 다른 시험들은 잘 봤는데 이번 시험은 왜 못 보겠어? 그는 이런 식으로 생각했다. 그에게는 모든 것이 참 쉬워 보였다.

'그렇긴 한데 너를 더 보고 싶어 :)'

크리스토퍼가 문자를 보냈다.

'좋아, 그렇다면 갈게.' 내가 답했다.

그날 오후, 나는 세실 언니 방에서 언니 머리를 말없이 마사지하며 함께 영화를 봤다. 언니 머리가 기름졌다. 5시쯤 언니가 잠들었을 때 나는 비누와 물로 꼼꼼히 손가락을 씻고 엄마가 요리 하는 부엌으로 갔다.

엄마는 내가 엄마를 보는 것도 모르고 요리 중이었다. 엄마는 올해 살이 빠졌고 군데군데 흰머리가 났다. 엄마의 눈을 마주 보지 않거나, 다른 사람의 부름에 얼굴을 움직이지 않는다면, 입과 눈 주위의 피부는 끈기없는 밀가루 반죽처럼 처지고 창백해 보일 것이다.

"엄마?"

엄마가 올려다 봤다.

"조금 있다가 크리스토퍼네 갈 거야."

"우리 집으로 오라고 하지 그래?" 엄마는 만들고 있는 라자냐 쪽으로 몸짓을 했다. "음식이 충분해. 그렇게 하면 그 애를 제대로 만나 볼 수도 있잖아?"

나는 지금 같은 상황에서는 누구도 우리 집에 초대하지 않을 거라고 말하고 싶었다. 정말 엄마는 우리가 무너지는 걸 다른 사람이 봐도 좋다고 여기는 걸까?

"크리스토퍼가 벌써 내가 저녁 먹으러 간다고 엘렌 아주머니한테 말했어. 아주머니가 저녁 해 주실 거야."

"알았어." 엄마는 수도꼭지로 돌아서 싱크대를 깨끗이 헹궜다. 나는 엄마가 조금만 더 힘이 있었다면 나하고 '안전한 성관계 얘기'를 했을까 하는 궁금증이 들었다. 지금쯤이면 크리스토퍼와 내가 잠을 자기로 했을지도 모른다거나, 어쩌면 벌써 같이 잤을지도 모른다는 생각이 분명히 들었을 것이다. 그런 생각이 내 기분을 이상하게 했다. 엄마가 나에게 그런 얘기를 하지 않은 것이 다행이었지만 이상하게 섭섭했다.

"나 지금 나가." 나는 다용도실 문을 향해 뒷걸음질쳤다.

"잠깐만, 기다려." 엄마는 나를 끌어안았다. 포옹이 너무 길어서 나하고는 아무 상관없는 것처럼 느껴졌다. "네가 이제 더는 세실과 많은 시간을 함께하지 않는다는 게 세실을 힘들게 할지도 모르겠구나. 너희 둘이 정말 잘 지내니까. 너희는 특별한 유대감이 있잖니." 드디어 엄마가 나를 놓아주었다. "너희가 그걸 잃는다면 엄마는 정말 슬플 거야."

나는 우리의 몸, 그러니까 나와 크리스토퍼의 몸에 집중할 수가 없었다. 머리가 너무 복잡했다. 끝내 나는 그를 밀어내고 일어나 앉았다.

크리스토퍼가 누워서 나를 쳐다봤다.

그가 무슨 생각을 하는지 알 수 없다는 것이 매번 나를 긴장하게 했다.

"나 어디가 아픈 것 같아." 내가 엉뚱한 말을 하는데도 그는 바로 손을 뻗어 내 볼에 댔다.

"진짜 열이 좀 있는 것 같기도 하고……."

그러자 나는 갑자기 열이 나는 것처럼 아픈 느낌이 들었다. 나는 배가 아프다는 걸 깨달았다. 온몸이 축축했다.

그가 내 얼굴을 자세히 들여다봤다. "네 눈도 좀 반짝이는 것 같고……." 그러더니 눈에는 아무 이상이 없다고 생각했는지 미소를 지었다. 하지만 나는 모든 것이 잘못됐다고, 내 인생이 미치도록 힘들다는 걸 느낄 수 있었다. 마치 사방에서 누군가가 나를 잡아당겨서 어느 한 군데에 머무를 수 없고 갈기갈기 찢어지는 것 같았다.

그가 인상을 썼다. "무슨 일 있구나, 그렇지?"

"그냥 세실 언니 때문에." 나는 애써 침착한 척했다. "언니 상태가 또 안 좋아."

"휴가 문제가 정리된 다음엔 다 진정된 거 아니었어?"

"꼭 그렇진 않아."

"이리 와, 내 옆에 누워 봐."

우리는 그렇게 오랫동안 누워 있었다. 그는 내가 눈을 감을 때까지 내 콧등을 쓰다듬었다. 엄마도 내가 어렸을 때 잠 못 들 때면 이렇게 해 줬다. 눈꺼풀 안에서 뭔가 뜨거워지기 시작했다.

"이런 말 해도 될까?" 그가 물었다. "조금 냉정하게 들릴지도 모르겠지만 그렇게 듣지 말아 줘."

그가 무슨 말을 하고 싶은지 알았다.

나는 듣고 싶지 않았다.

하지만 어쨌든 그는 대답을 기다리지도 않고 말했다. "세실을 구할 수 있는 건 세실 뿐이야."

크리스토퍼의 아빠는 스스로를 구해야만 했다. 그는 정신적인 병이 한 사람을 어떻게 만드는지 정확히 알고 있었다. 그래서 나는 반박할 수가 없었다. 내 배는 더 단단하게 뭉쳤다. 그의 말이 내게 너무나 아팠고 틀린 것 같았다.

나는 다시 일어나 앉았다.

그는 아직도 누워 있었다.

"집에 가야겠어."

몇 집 정도 지나왔을 때 엘렌 아주머니가 나를 따라잡았다. 그녀는 카디건을 몸에 두르고 뛰어왔다.

"아스트리드, 기다려!" 그녀가 헥헥거렸다. "이 밤에 혼자서 집에 갈 수는 없어."

"괜찮아요."

"이렇게 늦은 시간에 여자애 혼자 집에 가게 두면 안 된다고 크리스토퍼에게 가르쳤어야 하는데."

이중으로 성차별적인 이 말에 내가 막 이의를 제기하려고 하는데, 엘렌 아주머니가 마치 친한 친구처럼 내게 팔짱을 꼈다. 나는 문득 나를 따라나온 것은 늦어서가 아니라 다른 이유가 있을 거라는 강한 느낌이 들었다.

"언제든 자고 가도 좋아."

"감사합니다. 오늘은 그냥 그럴 형편이 아니라서요."

우리는 잠시 말없이 걸었다.

"크리스토퍼에게 들었는데 세실이 시험을 연기했다며?"

나는 대답하기가 힘들었다. 우리 주변이 너무 고요하고 별들은 너무 멀리 있었다. 나는 울고 싶지 않았다.

"크리스토퍼가 너한테 아빠 얘기한 적 있니?"

"네."

아주머니가 내 팔에 꽉 힘을 줬다. "나는 그게 어떤 건지 알아. 가족에게 어떤 부담이 되는지. 나도 겪었으니까. 얘기하고 싶으면 언제든 내게 연락하라고 엄마께 말씀드려. 여러 가지 수업이 다 있거든. 주변인을 위한 수업도 있어. 그런 일에 맞서는 가장 좋은 방법을 배울 수 있지."

나는 속도를 올렸다. 내가 정말로 묻고 싶은 것이 있었다. 모든 걸 해결할 수 있는 이런 수업들이 있다면 왜 아주머니는 남편을 떠났을까? 왜 한창 깊은 우울감에 빠져 있는 남편을 그린란드에 홀로 버려 두고 왔을까?

정말 억지로라도 그들 스스로 구제하게 하려고 사랑하는 사람을 떠나야만 하는 걸까?

"아니면 언제 내가 저녁에 너희 집에 가도 되고." 그녀는 계속했다. "그룹 명상을 할 수도 있어. 내가 긴장 푸는 방법을 가르쳐 주면 모두 같이……."

나는 억지로 팔을 뺐다. "크리스토퍼가 내가 한 얘기를 아줌마한테 전부 다 해요?"

그녀가 당황했다. "물론 아니야."

내 심장이 두근거렸다. 내가 어른에게 이렇게 얘기한 건 처음이었다. 나는 또 눈물이 터질 것 같았다.

"내가 내 마음을 잘못 전달했다면 미안하구나." 그녀가 조용히 말했다. "너같이 좋은 동생은 세상에 또 없을 거야."

엘렌 아주머니가 우리가 한 대화를 크리스토퍼에게 했는지 모르겠지만 나는 그녀를 다시 볼 생각만 해도 민망했다. 이제 그녀는 우리 가족에 대해 온갖 끔찍한 생각을 할 것이 분명했다. 그녀도 요나스와 마찬가지로 우리 가족이 힘을 내야 한다고 생각했다. 어쨌든 아무도 안 죽었으니까.

크리스토퍼의 마지막 시험은 졸업 축하 행사 3일 전이었다. 그날 아침, 나는 시험장에 가고 싶기도 하고 가고 싶지 않기도 했다. 마음을 정할 수가 없었다. 생각다 못해 결국 요나스에게 너 같으면 어떻게 하겠냐는 문자를 보냈다.

그가 내게 전화를 했다.

"개를 좋아하는 거야, 아니야?" 요나스는 뭔가 열심히 하는데 내가 방해한 것처럼 짜증스러운 목소리였다. 하지만 솔

직히 그렇게 때가 안 좋았다면 굳이 전화를 하지 않았을 것이다.

"그게 좀 복잡하단 말이야." 아직도 나는 엘렌 아줌마와 한 대화를 그에게 말하기가 힘들었다. 그래서 같은 말을 바꿔서 말했다. "그렇게 간단하지가 않아."

"아니, 간단해! 정신 좀 차려."

좋은 충고였다. 나는 가기로 결정했다. 나갈 준비를 하는데 세실 언니가 터덜터덜 걸어와서 문간에 섰다. "뭐 해?"

"크리스토퍼가 졸업 모자 받는 거 보러가려고."

"아……. 그렇구나." 언니가 거의 쓰러지듯이 문틀에 기댔다.

나는 차마 언니를 볼 수 없어서 서랍에서 립글로스를 찾기 시작했다. 방 안에 이상한 정적이 감돌았다. 내가 거울을 보고 색이 고루 퍼지도록 입술을 다물었다가 떼는데, 너무나 크게 입맞춤 소리가 났다.

"콘돔 사용하는 거 기억하고 있지?"

"뭐?"

거울 속에서 우리 눈이 마주쳤다. 거울 속 내 얼굴은 빨개지고 언니는 미동도 없이 서 있었다.

"콘돔 쓰고 있어?" 그녀가 또 물었다.

그 순간 나는 내가 크리스토퍼와 뭘 하는지 뭘 하지 않는지, 절대로 언니와 공유하고 싶지 않다는 것을 깨달았다. 우리는 모든 것을 함께 이야기해 왔는데 언니의 물음에 왜 갑자기 온몸으로 불쾌감을 느끼는지 모르겠다.

"클라미디아 성병에 걸리면 자각도 없이 골반내감염증에 걸릴 수 있고, 결국 불임까지 될 수 있어. 아기를 못 갖는 거지, 영원히. 그러면 넌 절대 엄마가 되지 못할 거야."

"제발, 그만해."

"생각해 볼 필요가 있어." 언니가 말했다. "그리고 HIV에 걸릴 수도 있어." 목소리가 갑자기 거칠어졌다. "걔가 또 누구랑 잤는지 모르잖아."

불쾌한 감정이 확 들었다. '술에 취했을 때만 했어'라고 그가 말했고 지금 나는 그것이 파티 때마다 새로운 여자애랑 잤다는 뜻인지, 술에 취해 흥분했다면 피임기구를 잊지 않고 썼을지 의심이 들었다. 어찌 됐든 왜 내가 이렇게 완전 역겹고 비위생적인 행동을 하는 사람과 사랑에 빠져야 하지?

나는 불쾌한 생각을 없애려 고개를 숙이고 정전기로 타닥 소리가 날 때까지 머리를 빗었다. 내가 머리카락을 흔들며 고개를 들어 거울을 보니 세실 언니가 아직도 그곳에 서 있었다.

"예쁘다." 언니가 말했다.

나는 내 모습을 빤히 쳐다봤다. "고마워."

언니는 문틀에 기대어 손톱을 물어뜯고 있었다. 그러더니 별안간 눈에 눈물이 고였다. 나는 언니 쪽으로 가 언니를 안았다. 언니가 엉엉 울기 시작했다. 내 윗도리가 콧물과 눈물로 축축해졌다. 곧 옷을 갈아입어야 한다는 생각에 집중해서는 안 되었지만 어쩔 수 없었다.

“나는 일이 이렇게 될 거라고 생각 안 했어.” 언니가 흐느꼈다. “너무 힘들어. 미치도록 힘들어.”

뭐라고 말해야 할지 모르겠다. 그래서 그냥 언니를 안고 있었다.

“나는 아무것도 제대로 할 수 없어.”

“아니야, 할 수 있어. 그런 말 하지 마, 알겠지?” 나는 아직도 언니를 안고 있어서 언니 목 뒤로 시계를 봤다. 크리스토퍼가 시험장에서 나오기까지 한 시간밖에 안 남았다.

“내가 나쁜 사람이라고 생각해?”

“내가 그렇게 생각하겠어?”

언니는 나를 놓아 주고 맨살인 팔뚝으로 얼굴을 닦으려 했다. “네가 그 애가 졸업하는 걸 보러 간다는 게 정말 이상해. 느낌이…… 내 느낌이 어떠냐면…….”

“내가 보러 가는 사람이 언니였어야 했는데, 하는 느낌이겠지.” 내가 언니 말을 대신 끝맺었다. 그냥 튀어나온 말이었다. 언니가 천천히 말하고 느낄 시간이 없었다.

“맞아.” 언니의 눈이 놀라서 빠르게 깜박거렸다.

"그런 날이 올 거야." 나는 책상에서 가방을 집어 들고 열쇠와 전화기를 확인하면서 말했다.

"나랑 정원에 가서 잠깐 앉아 있을래?" 언니가 물었다.

"지금?"

"그럼?" 언니는 내가 말 그대로 30초 전에 한 말을 벌써 까맣게 잊어버린 듯이 멍하니 나를 쳐다봤다.

"크리스토퍼가 졸업 모자 받는 거 보러 간다고 했잖아!"

"깜박했어."

'아니, 깜박한 게 아니야.' 언니는 내가 언니랑 있게 하려고 수 쓰고 있는 것뿐이야. 왜냐하면 내가 나가서 내 인생을 사는 것을 원하지 않으니까. 언니는 우리 가족 모두가 언니처럼 헤어나지 못하게 될 때까지 만족하지 못할 거야, 안 그래?'라고 나는 생각했다.

억지로 미소를 쥐어짜 보지만 내 미소는 너무 작고 너무 가식적이었다. 언니는 고개를 돌려 버렸다. 한숨을 쉬며 내 침대에 털썩 앉았다.

"언제 집에 와?"

"나도 모르겠어."

"2시간?"

"딸기와 마지팬 케이크 먹고, 샴페인 건배하고, 그런 것들 하는 데 얼마나 걸리느냐에 따라 다르지." 못되게 굴 의도는

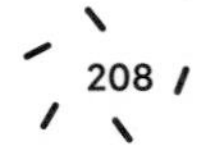

아니었다. 다만 내 설명에 힘을 실으려면 어쩔 수 없었다.

세실 언니는 아무 말도 없이 나를 뚫어지게 보았다.

나는 눈물 콧물로 얼룩진 내 스웨터를 벗어 바닥에 던지고 급하게 옷장을 뒤져 깨끗한 윗도리를 찾아 바지 안으로 넣어 입었다.

"갔다 올게." 앉아 있는 언니를 안아 주자, 언니가 나를 꽉 잡았다. 마치 절대 나를 놔줄 것 같지 않았다. 드디어 언니가 자기 팔을 풀고 내가 거의 빠져나갔을 때 말했다. "너는 어디 나갈 때면 언제나 함께 가겠느냐고 나한테 묻곤 했는데. 이제는 절대로 묻지 않는구나."

나는 갑자기 멈춰 섰다. 침을 한 번 삼켰다. "언니도 같이 갈래?"

"아니. 하지만 앞으로도 꼭 물어 봐줘." 언니는 다시 안아 주기를 바라며 팔을 내 쪽으로 뻗었다. 하지만 언니와 다시 가까워진다고 생각하니 갑자기 참을 수가 없었다. 나는 당장 벗어나고 싶었다.

"늦었어. 갔다 올게."

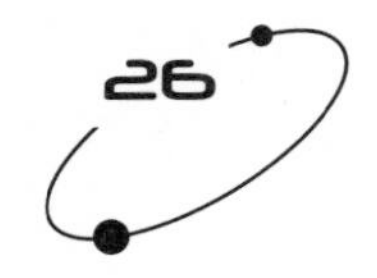

크리스토퍼의 엄마가 1층 시험장 밖에 있었다. 피어싱을 한 그 애, 필립을 포함해서 반 친구 두 명도 있었다. 다행히 필립은 다른 사람들과 얘기하느라 정신없었다. 엘렌 아줌마는 와 줘서 고맙다고 말했지만, 우리는 포옹하지는 않았다. 그녀는 긴장돼 보였는데 어쩌면 우리가 전에 나눴던 바보 같은 대화 때문일지도 모르고, 아니면 그냥 복도의 분위기가 그래서인지도 모르겠다. 일이 분 만에 나도 긴장이 돼서 볼이 빨개지고 다리가 떨렸다.

"오늘 밤에 축하파티 하러 우리 집에 올 거니?" 그녀가 물었다.

"아직 잘 모르겠어요." 나는 집에 일찍 오라는 세실 언니를 생각하며 말했다.

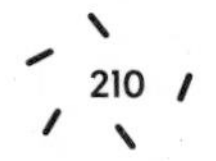

5분 뒤에 크리스토퍼가 시험장에서 나왔다. 그는 두 손으로 검은 머리를 쓸어넘기며 얼굴을 찌푸렸다. 그리고 곧장 내게로 걸어와 세게 껴안았다. 나를 번쩍 들어올려 빙그르르 거의 한 바퀴를 돌았다.

"망할 베트남 전쟁이 나왔어." 그는 여전히 내게 팔을 두른 채 말했다. 그는 기뻐 보였고 희미하게 땀 냄새가 났다. 나는 내 머리를 통째로 그의 겨드랑이에 박고 싶었다.

"너는 최선을 다했고 이제 끝났어. '이제 곧 졸업한다' 그것만 생각해." 엘렌 아줌마가 그의 등을 쓰다듬었다.

한 시험 감독관이 우리 곁을 지나가며 조용히하라고 했다. 그때 문이 열리고 역사 선생님이 그를 불러들였다. 몇 분이 지났다. 엘렌 아줌마는 작은 원을 그리며 계속 걸었다. 그때 그가 다시 나타나 두 팔을 들고 말했다. "10점!" 나를 포함해 모두가 웃으며 축하를 외쳤다. 나는 전화기를 꺼내 빨강과 흰색으로 된 모자가 그의 머리에 닿는 순간을 찍었다.

전화기를 집어넣으려다 엄마가 문자를 보냈다는 것을 알았다.

'오늘 네가 집에 있을 거라고 생각했는데?'

분명히 언니가 혼자 있다고 엄마에게 전화했거나 문자를 했다는 뜻이었다.

나는 빠르게 글자를 두드렸다.

'크리스토퍼가 졸업 모자 받는 거 보러 왔어.'

엄마는 답이 없었다. 당당하게 큰소리로 나를 혼낼 수 없다는 것을 알기 때문에 꾹 참고 침묵으로 말하는 꾸지람처럼 느껴졌다.

갑자기 진절머리가 났다. 이런 상황에서도 엄마와 언니를 실망시켰다는 죄책감 때문에 크리스토퍼를 위해 맘껏 기뻐하지도 못하는 게 너무나 부당하게 느껴졌다.

'오늘 밤 축하하러 크리스토퍼 집으로 가. 아마 집에 늦게 갈 거야.' 나는 문자를 보냈다.

'알았어. 재밌게 놀아.' 엄마가 답했다.

배에 한 방 맞은 것처럼 죄책감이 되살아났다. 언니가 아픈 것은 누구의 잘못도 아니다. 우리 모두 거기에 갇혀 있고 엄마는 언니가 안전감을 느끼길 바라는 것뿐이었다. 나는 다시 문자를 보내서 세실 언니는 괜찮은지, 내가 집으로 가는 게 좋겠는지 물으려고 했다. 하지만 그때 크리스토퍼가 나를 보고 웃었다. 나는 지금 있는 곳에 있기로 마음먹고 전화기를 가방에 밀어 넣었다.

모자를 받으러 온 언니네 반 학생들이 많았다. 우리는 '싱크' 구역 위층에 비어 있는 장소를 겨우 찾았다. 엘렌 아줌마는 탁자에 플라스틱 컵을 차려 놓고 축하하러 들른 사람 모두에게 가지 말고 우리와 건배하자고 권했다. 그러다 거의 스무 명이나 되는 사람들이 모여 샴페인을 마시고 초콜릿을 찍은 딸기를 먹었다. 누군가 옥상 테라스로 가는 문을 열자 순식간에 사람들이 햇빛이 쏟아지는 바깥으로 밀려 나갔다.

나도 바깥으로 나갔다. 처음에는 크리스토퍼와 붙어 있었지만, 모두가 그와 얘기하려고 해서 나는 혼자 돌아다니기 시작했다. 그러다 결국 필립과 맞닥뜨렸다.

"어떻게 생각해, 우리 친구 되는 건가?" 그는 한 손으로 담배 한 모금을 빨며 자기 플라스틱 컵을 내 컵에 부딪히며 말했다.

"그럼." 내가 힘주어 미소 짓는 것을 보니 샴페인이 효과를 내는 것이 틀림없었다.

"좋았어." 그가 소리 내 웃으며 말했다. "그럼 나쁜 감정은 없는 거다?"

"나쁜 감정 없어." 그 말이 꼭 진심은 아니었다. "넌 언제 끝나?"

"난 월요일에 했는데, 그 모자 쓰고 바보처럼 뛰어다니는 거 좋아하지 않을 뿐이야." 그는 담배를 한 모금 더 빨고 누구를 찾는지 내 머리 너머로 빤히 쳐다봤다. "이제 내일까지 쭉 달려야 해."

"내일 무슨 일 있어?" 내가 물었다.

"너 몰랐어?" 그는 담배 연기로 완벽한 고리를 만들어 냈다. "크리스토퍼 집에서 파티 있어. 운이 좋으면 크리스토퍼가 너도 들르라고 할지 모르지." 그는 능글맞게 씩 웃으며 덧붙여 말했다. "네가 정말로 정중하게 부탁한다면 말이야."

내가 얼마나 멍청하고 어린애 같은 인상을 줬는지 정확히 알겠다. 크리스토퍼가 나에게 말도 안 한 걸 안 필립이 우리의 관계를 얼마나 가볍게 보았을지.

"내일은 다른 파티가 있어서 안 돼."

"안타깝네." 그가 담배를 다시 입으로 가져가며 웃었다.

그날 저녁에도 크리스토퍼의 할아버지가 저녁 식사에 오셔서 우리 넷은 마당에 앉아 얼굴에 햇빛을 받으며 잔을 부딪쳤다. 중간에 그의 아빠가 전화를 하고 크리스토퍼는 전화를 받으러 안으로 들어갔다가 2분 후에 돌아왔다.

"아빠가 인사 전해 달래요." 그는 다시 앉아서 그와 내 잔에 와인을 더 따랐다.

"고맙다." 엘렌 아줌마는 조심스럽게 나이프 위에 포크를 비스듬히 내려놓고 잠깐 가만히 있다가 말했다. "계획대로 한대? 금요일에 올 거래?"

"아니요." 크리스토퍼는 포크를 입에 넣고 씹으며 접시를 내려다봤다. "다른 일이 생겼대요."

엘렌 아줌마와 할아버지가 짧게 눈빛을 교환했다.

"아마도 8월에 내가 올라가서 한 이틀 아빠를 만나고 와야겠어요. 시간이 맞으면요."

우리가 위층으로 올라갈 즈음엔 와인을 두 잔 마셨기 때문에 나는 덥고 머리가 아찔했다. 나는 크리스토퍼에게 그의 아빠에 관해 묻고 싶었지만 우리는 그냥 침대에 쓰러졌다. 우리는 내가 어지러우니 물 한잔만 달라고 할 때까지 키스를 했다. 그가 마실 것을 가지러 부엌으로 내려가자마자 나는 일어나 앉았다. 전화기를 꺼냈다. 텅 빈 화면을 보고 내 맥박이 천천히 강하게 쿵쾅거렸다. 나는 세실 언니에게 하트를 하나 보낼까 하다가 작은 하트 하나가 별 도움이 될 것 같지 않았다.

크리스토퍼가 물병과 물컵 2개를 가지고 돌아오고, 문을 통과하기도 전에 미소를 지었다.

"왜?" 내가 말했다.

"내가 이제 졸업했고, 휴가에, 자유에, 여기에 네가 앉아 있다고 생각하고 있었어." 그는 나를 뒤로 넘어뜨리고 내 위로 누웠다. 그의 몸이 너무 무거워서 나는 거의 질식할 것 같았다.

"이제 더 쉬워지기도 하겠지." 그가 말했다.

"뭐가 더 쉬워져?"

"우리가 만나는 거. 지금까지는 좀 '되는대로' 만났잖아, 그렇게 생각하지 않아?"

하고 많은 말 중에 '되는대로'라는 말을 쓰다니.

나는 비키라고 그를 밀었다. 그가 움직였다. 나는 일어나 앉았다. "왜 나한테 내일 파티 있다고 말 안 했어?"

그가 어깨를 으쓱했다. 그는 일어서서 컵에 물을 따라 나에게 건넸다. "생각 못 했어. 내 말은, 그냥 파티일 뿐인데 뭐."

"누가 오는데?

"우리 반."

나는 물을 한 번 꿀꺽 마셨다. 내일 밤 이 집 주변에 술에 취하고 시끄러운 사람들이 북적일 것을 생각하니 기분이 묘했다.

"그럼 넌 바쁘겠네." 내가 말했다. "술 사오랴, 장식하랴, 끝나고 치우랴."

"장식을 해?" 그가 소리 내어 웃는데 나를 비웃는 것 같았다. "딱 세 가지 규칙이 있어. 자기 술은 가지고 온다, 어지럽히지 않는다, 그리고 말썽을 부리거나 토를 하려면 마당으로 나간다. 그게 다야."

"멋지네."

"네가 그 꼴을 안 봐도 된다는 걸 기뻐해." 그가 내려앉아 내게 키스를 하려고 앞으로 기울였지만 내가 그를 피했다.

"그리고 꼭 너희 반만 와야 해?"

"응." 그는 내 물음에 약간 놀란 것 같았다. "너, 오고 싶었어?"

"아니."

"왜 그래? 너, 질투하는 거야?" 그가 웃었다. 꼭 멍청이 같았다.

"내 말은, 네가 술에 취했을 때 여러 여자애하고 잤다고 말했던 게 별로야."

"사실 난 취했을 때 그렇게 섹스하고 싶은 생각 없어." 그는 자기 손가락을 내 손가락에 끼우며 말했다. "보통은 여자애들이 어떻게 해서든 나를 꼬시려고 하지."

"알았어, 그게 훨씬 낫네." 나는 내 손을 뺐다. "네가 나를 불임으로 만들지도 모른다는 거 알아? "

"뭐?" 그가 큰 소리로 웃었다.

나는 골이 난 얼굴을 했다.

"이리 와, 이 바보야." 그는 나를 가까이 끌어당겨 우리 머리 위로 이불을 덮었다. 어둠 속에서 나는 그가 멍청이였다는 것을 금방 잊어 버렸다. 그는 얼른 내 스웨터를 벗기고 브래지어를 벗겼다. 그가 내 바지를 열려고 했지만 나는 그의 손목을 잡고 그를 막았다.

"나 콘돔 있어." 그가 말했다.

"집에 다른 사람들이 있을 때는 안 돼, 알겠지?"

"괜찮을 거야. 문 닫혀 있어. 혹시 너 소리 지르는 타입이야?"

내가 팔꿈치로 그를 찌르자 그는 소리 내어 웃었다. 그리고는 내 속옷을 옆으로 빼고 내 귓불을 물었다. 그리고 손가락으로 왔다갔다 나를 만졌다. 나는 내내 아주 조용하게 숨 쉬고 있었다. 내 귀가 달아올랐다.

지금 말해야만 했다. "나 누구랑 해 본 적 없어."

그의 손가락이 멈췄다. 그가 나를 뚫어지게 쳐다봤다. 왠지 깜짝 놀란 것 같았다. 실망한 건가, 뭔지 잘 모르겠다.

"그렇지만 하고 싶어." 나는 서둘러 말했다. "너랑."

얼마 후, 우리는 기울어진 창밖을 보며 누워 있었다. 여름밤의 하늘은 정말로 깜깜해지지 않았다. 어둠마저도 밝게 느껴졌다.

"아빠가 네 졸업식에 안 오시는 거 괜찮아?"

"응."

"슬프지 않겠어?"

"엄마가 실망이 클 거야. 나 때문에 그런 거지. 하지만 나는 아빠가 나타나서 감당하지 못하는 것보다는 취소한 편이 나아."

"그런 식으로 생각할 줄 알다니 대단하다."

"다르게 어떻게 생각하냐? 남이 자기의 한계를 침범하는 것을 좋아하는 사람은 없어."

그는 웃고 있었지만, 나는 받아들이기가 힘들었다. 나는 왜 그렇게 편안하게 언니를 바라보지 못하는 것일까? 나는 뭐가 잘못된 걸까? 나는 일어나 앉아 희미한 빛 속에서 내 옷이 어디 있는지 두리번거렸다.

"자고 가는 거 아니야?" 그가 다시 나를 가까이 끌어당기고 나는 그의 팔뚝에 머리를 베고 누워 있었다.

"언니한테 집에 간다고 약속했어."

문득 엄마의 문자가 떠올랐다. 나보고 일찍 오라고 할 때 언니의 표정. 이제 날이 어두웠다. 그녀는 잠자리에 들 것이다. 언니의 하루는 어땠을까?

크리스토퍼가 고개를 들어 나를 봤다. "네가 이러는 게 세실에게 도움이 되지 않는 거 알고 있지?"

"내가 어떻게 하는데?"

"곁에 있어야 안심되는 담요 같잖아."

"말도 안 되는 소리 하지 마. 언니가 필요한 게 뭔지도 모르면서."

그는 다시 고개를 떨어뜨리고 사과라도 하는 듯 내 머리카락을 쓰다듬었다. "세실의 병은 네가 같이 있는다고 나아지지 않아. 네가 치료제는 아니잖아, 그렇지?"

"백 퍼센트 낫는 치료제가 어디 있어."

"없지. 하지만 네가 치료제가 아닌 건 동의하지?"

나는 또다시 그와 이 문제를 얘기할 상황이 아니라는 것을 알았다. 내가 한 말은 '음.'이 전부였다.

그는 똑바로 돌아누워 하품을 했다. "그래도 그게 마음이 편할 것 같으면 언니한테 가."

나는 침대 끝으로 움직여 전화기를 찾고 엄마에게 '오늘 밤에 집에 못 들어가. 좋은 하루를 보냈기를 바라'라는 문자를 빠르게 보냈다.

"그래 좋아, 네가 원하는 대로 할게."

다음 날 아침 나는 온갖 낯선 소음들을 들으며 일찍 잠에서 깼다. 크리스토퍼 엄마가 아래층에서 라디오 소리에 맞춰 흥얼거리는 소리, 부엌에서 나는 커피머신 소리, 열고 닫히는 문소리. 잠시 후 그녀가 분주히 계단을 오르더니 문을 두드리며 말했다. "나, 나간다. 둘이 재미있게 보내렴!"

크리스토퍼가 잠에서 깼다. 우리는 부둥켜 안았다. 그의 부드럽고 짙은 겨드랑이 털에서 땀내와 향수 냄새가 났다. 내 몸에 닿는 그의 엉덩이가 뾰족하게 느껴졌다. 그의 성기는 딱딱하고 그의 턱은 까끌까끌했다. 그의 모든 것이 나와는 너무 달라서 당황스러웠다.

"네 자유의지에 따라 여기 있는 거 맞지?" 그가 잠긴 목소리로 말했다.

"응."

"내가 너를 납치했거나 뭐라도 강요한 거 아니지?"

"아니야." 나는 절로 웃음이 났다.

"그런데 왜 울어?" 그는 손가락으로 물기를 집어내며 내 볼의 둥근 부분을 만졌다.

"왜 그런지 나도 몰라."

"너무, 너무 행복해서 그런가?" 그가 의견을 내놓았다.

침대 옆 탁자에 있는 전자시계를 봤다. 9시가 다 됐다. 나는 그의 손을 빠져나와 바닥에 놓인 전화기를 찾았다. 엄마가 세 번이나 전화했다. 내가 집에 가서 세실 언니와 함께 있기를 바랄 것이 분명했다. 그래야 가벼운 마음으로 출근할 수 있을 테니까. 내가 막 전화를 하려는데 크리스토퍼가 내 손에서 전화기를 뺏어 베개 밑에 밀어 넣었다.

"됐다, 이제 아침 만들어 먹자."

우리는 12시까지 헤어지지 않았다. 우리는 작고 네모진 마당에 앉아 커피를 마시고 팬케이크를 먹었다. 딱 봐도 아이 돌보는 일을 하는 이웃이 아이들 다섯 명을 풀어놓고 그 아이들이 악쓰고 소리 지르며 모래 놀이터를 엉망으로 만들기 시작할 때까지 있었다.

"오늘 밤 파티 때 재미있게 놀아." 나는 문간에 서서 말했다.

그는 문틀에 기대고 있었다. 나를 보는 그의 표정 때문에 나는 영원히 머물고 싶어졌다. 다른 누구도 싫고 이 사람만이 딱 이렇게 나를 쳐다보면 좋겠다고 생각했다.

"우리 문자 할까?" 나는 참지 못하고 물었다.

"누구 하나가 죽지 않는다면."

"왜 그런 소리 하는 거야?"

"미안." 그가 웃었다. "기분이 좀 이상해서. 졸업식에 올 거야?"

"나, 트럭 장식해야 해. 우리 학년 애들은 다 해."

"그럼 어찌 됐건 졸업식에서 보겠네." 그는 마치 우리 작별인사가 조금은 말도 안 된다는 듯, 조금은 쓸데없는 일이라는 듯 무심하게 고개를 까딱였다. "그리고 나중에 꼭 만나는 거다."

"나중에." 나는 똑같이 무심하게 말했다. "물론이지."

걸어 나올 때 내 가슴은 약간의 기대감으로 부풀었다.

나중에.

그 말 뒤에 기다리고 있을 모든 것이 기대됐다.

집에 도착하자 부풀었던 마음은 꺼져 버리고 배가 다시 딱딱하게 굳었다. 문은 잠겨 있고 창문도 다 닫혀 있어서 잠긴 문을 열고 들어가야 했다. 방마다 정적이 흘렀다. 나는 집안 곳곳을 확인했다. 모두 비어 있었다.

나는 세실 언니에게 전화를 했다. 언니의 방에서 진동 소리가 났다. 전화기가 침대 아래 바닥에서 진동하고 있었다. 심장이 조금 더 세게 뛰기 시작했다. 엄마도 전화를 받지 않았다. 그래서 아빠에게 걸어 봤다. 전화를 끊으려고 할 때 아빠가 받았다.

"여보세요?" 아빠가 전화를 받자, 마지막으로 아빠에게 전화했을 때가 기억났다. 아빠는 회의 중이었는데 전화기를 무음으로 해 놓지 않았기 때문에 우리에게 화를 냈었다.

"아빠? 미안해……. 전화해서." 말이 이상한 톤으로 튀어나왔다. "세실 언니 어디 있는지 알아?"

"엄마가 여러 번 너하고 연락하려고 했어."

"알아, 하지만 내가……."

"우리 응급실에 있어." 아빠가 말을 끊었다. "의사와 얘기가 끝나는 대로 집에 갈 거다. 오래 걸리지 않으면 좋겠구나."

"무슨 일인데?"

아빠가 식식댔다. 목소리가 낮았다. "정신과 응급실이야."

나는 현기증이 났다. 뭐라고 말해야 할지 모르겠다. 지금 뒷배경에서 엄마 목소리가 들렸다. 아빠에게 뭐라고 말하자 아빠가 조용히 시키고 다시 나한테 말했다.

"불안해할 거 없어."

"그래도 무슨 일이 난 거지? 세실 언니한테?"

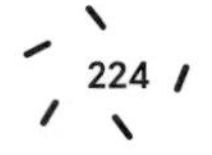

"걱정하지 마라." 잠시 침묵이 흘렀다. "집에 가서 얘기하자, 아스트리드. 알았지?"

죄책감이 독한 마약처럼 내 혈관으로 쫙 퍼져 머리가 몽롱해지고 속이 메스꺼웠다. 나는 전화를 끊자마자 부엌으로 달려가 싱크대에 대고 헛구역질을 했다. 그리고 급히 세실 언니 방으로 가 이불을 젖히고, 침대 아래, 언니 가방을 확인하고 약병들이 들어 있는 서랍을 뒤졌다. 정신없이 늘어놓은 책상에는 파라세타몰 진통제 한 팩 외엔 아무것도 없었다.

여전히 안심이 안 됐다.

언니가 말하곤 했던 모든 것, 내가 보고 싶지 않았던 위험한 신호들이 이제는 모두 내게 빛을 번쩍이고 있었다. "어쨌든 모든 것이 곧 끝날 것 같은 느낌이 들어."

나는 언니 노트북을 꺼내고 영화를 보던 모든 창을 닫고 검색 기록을 클릭했다. 갑자기 내 앞에 긴 목록의 검색 기록이 나타났다. 단어들과 문장들. 자살에 관한 것만 있는 것이 아니었다.

드러나지 않는 심장 결함 증상

선천성 심장 결함

폐암 증상

경화증 증상

태아 기형

수혈로 인한 HIV 감염

의사에게서 전염되는 HIV

공중화장실에서 전염되는 HIV

HIV에 오염된 주사기를 밟을 경우

질식할 때 어떤 느낌인가요?

익사할 때 어떤 느낌인가요?

비행기 추락 사고에서 살아남기

비행기 추락 사고 최악의 사망자 수

9·11테러 공격

클라미디아 성병 증상

클라미디아 성병으로 인한 불임

HIV 증상

구강성교로 인한 HIV

입안의 상처와 HIV

루게릭병 증상

패혈증 증상

폐 상부 통증

폐혈전

검색어는 끝이 없었다. 검색 기록은 몇 달 전으로 거슬러 올라가는데 같은 말들만 찾고 또 찾았다는 걸 알 수 있었다. 병, 죽음, 사고, 병, 죽음, 사고. 나는 내가 옆에 없을 때마다 언니가 이런 걸 뚫어지게 쳐다보며 시간을 보낸다는 것을 깨달았다. 밤마다 이런 것을 머리에 집어넣고 있었다.

우리가 그렇게 애를 쓰는데, 언니는 이런 쓰레기들을 쳐다보고 누워서 우리가 그녀에게 말한 모든 것과는 반대로, 죽음과 병, 고통에 빠져 뒹구느라 점점 더 불안감과 공포에 사로잡혔던 것이다.

나는 컴퓨터를 세게 닫아 버리고 침대 밑으로 다시 밀어 넣었다.

나는 식구들이 집에 오기를 기다렸다.

4시쯤 차가 진입로에 들어왔다. 식구들이 내렸다. 세실 언니는 몽유병 환자처럼 느리게 걸었다. 마치 다리가 부러졌거나 발이 삐기라도 한 것처럼 엄마가 팔로 언니 허리를 감싸고 부축했다.

우리가 정상적인 가족이라면 이럴 때 함께 모여 앉아서 크리스토퍼의 최종 시험이 어떻게 됐는지 물으며 오후 커피를 한 잔씩 했을 것이다. 그러면 나는 그가 얼마나 기뻐했는지, 어제저녁에 엄청난 양의 갈릭 버터를 바른 바닷가재를 어떻게 먹었는지, 오늘 아침에 우리가 어떻게 팬케이크를 만들었는지 식구들에게 얘기했을 것이다.

하지만 늘 그렇듯이, 내가 겪은 일들은 나만의 것이 됐다.

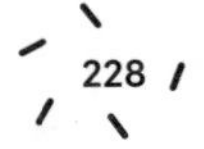

식구들이 들어올 때 나는 내 방으로 돌아갔다. 그들이 복도를 걸어오고 언니 방으로 들어가 문을 닫는 소리가 들렸다. 중얼중얼 낮게 말하는 목소리, 아무 감정이 없이 우는 것 같은 소리, 20분 뒤에 부모님이 방에서 나왔다. 나는 여전히 문 쪽에 귀를 기울이고 있었다.

아빠가 사무실에 가서 몇 시간 일할 거라고 말했다.

엄마는 아무 말도 하지 않았다.

잠시 뒤 현관문이 쾅 닫혔다. 차가 진입로에서 출발했다. 나는 내 방을 나갔다. 테라스에서 엄마를 찾았다. 엄마는 정원 의자에 발을 올려놓고 앉아서 뚫어지게 화분을 바라보고 있었다.

"엄마!"

엄마가 화들짝 놀랐다.

"무슨 일이야?"

엄마가 깊은 한숨을 쉬었다. "아, 그게…… 정말 끔찍한 밤이었어. 그리고 오늘 아침에 세실이 완전히 뻗어 버렸어. 개가…… 병원에 갈 때 아빠가 차까지 안고 가야만……."

"안고 갔다고?"

나는 그 장면을 그려 봤다. 아빠가 언니를 아기처럼 안고 마당에 난 길을 걸어가 차 뒷좌석에 태우고 언니 몸을 가로질러 부드럽게 안전 벨트를 채운다. 엄마는 세실 언니 볼을 쓰다듬으며 다 괜찮을 거라고 속삭인다. 그리고 나는 속상해하며 연민을 느껴야 한다는 것을 머리로는 알았지만, 마음은 곧 폭발할 지경이었다.

"이제 괜찮아질 거야." 그렇게 말하는 엄마는 누군가 울타리 뒤에서 짜잔 하고 나타나 자신을 지지해 주기를 바라는 것 같았다. "아주 훌륭한 의사하고 얘기했어. 세실이 소견서를 받고 정신과 의사를 만나면 제대로 진단받을 거야. 그리고 불안증 증세를 줄여 주는 약을 당장 복용하게 될 거야."

아빠는 그 전보다 훨씬 더 화나고 더 실망했을 것이 분명했다. 이제 우리는 훨씬 더 언니 눈치를 볼 게 뻔했다. 거기에다 아빠가 늘 주장하던 부작용이 생기면 어떻게 하지? 살이 20킬로그램 찌고 그것 때문에 우울해지면? 아니면 언니가 정신과 의사를 안 만나려고 하면? 부모님은 언니를 어린애처럼 계속 안고 다닐 것인가?

엄마는 나를 보고 얼핏 웃었다. "병원에 갔을 때 세실이 꽤 잘하더라. 의사에게 자기 생각을 다 말했어. 아주 솔직하던걸."

나는 "그게 뭐 대단하다고"라고 말했다.

엄마는 아무것도 눈치채지 못했다. 엄마는 계속 말했다. "세실이 그러는데 보충 시험도 그만두고 3학년을 다시 다닐까 생각 중이라더라. 물론, 아직 얘기가 끝난 것은 아니야. 하지만 어쩌면 그게 정말 제일 나은 방법일지도 모르지. 수업을 너무 많이 빠졌으니까. 이것이 새로운 시작이 될지도 몰라."

'또 1년을 언니가 화장실에서 보내는 문자를 받으라고? 또 1년을 언니 다리가 다른 사람들과 같은 속도로 움직이지 않으니까 아침 일찍 출발하라고? 또 1년을 격려하고 지지하고 도우라고?'

"사실 나는 세실이 자신의 문제를 직시할 만큼 컸다는 뜻인 것 같아. 물론 아빠는 생각이 다르지만." 그녀는 너무 가까이서 앵앵거리는 파리가 있는 것처럼 손을 휘저었다. "하지만 그것도 우리가 지금 논의할 일은 아니야. 지금 당장은 세실 곁에 있어 주는 데 집중해야만 해."

언니는 그날 종일토록 잠을 잤다. 아빠는 어렵사리 집에 오고, 우리는 그럭저럭 부엌에 앉아 프라이팬에 구운 소시지와 함께 감자 샐러드를 먹었다. 언니는 여전히 일어나지 않았다.

아빠는 음식을 입에 욱여넣었다.

엄마의 나이프와 포크는 접시 위에 놓여 있었다. 먹지도 않고 아무 말도 하지 않았다. 날씨라든가 해수 온도에 관한 언급도 하지 않았다. 나는 음식을 삼키기가 힘들었다. 내 접시에 있는 갈라진 소시지 꼬랑지가 케첩과 감자 샐러드에서 나온 마요네즈 속에서 돌아다녔다.

5분 뒤에 아빠가 일어섰다.

"그래! 뛰러 나가야겠어. 아스트리드, 같이 갈래?"

좋은 뜻으로 하는 제안으로 들리지 않았다. 싸움이 벌어질 테고 지금은 팀을 정하는 시간인 것처럼 들렸다.

"아니, 괜찮아."

"정말? 좋아, 그럼 나 혼자 가지 뭐!" 그는 요란하게 접시를 싱크대에 넣고 부엌을 나갔다가 2분 뒤 달리기 복장으로 돌아와 문으로 사라졌다.

엄마는 손으로 고개를 받치고 잠시 자기 접시를 가만히 내려다보다 고개를 들더니 내게 일그러진 미소를 보이고는 물잔을 비웠다.

"소시지는 그릴에 굽지 않으니까 맛이 없다, 그렇지?"

나는 요나스에게 문자를 할까 생각했다. '드디어 우리 가족이 완전히 미쳤어.' 그러나 슬프게도 우리는 더는 그런 식의 문자는 하지 않는 사이였다.

나는 8시 반이 돼서야 겨우 언니 방으로 갔다. 한편으로는 언니가 아직도 자고 있기를 바랐다. 내가 들은 화장실 문소리가 20분 전이었다는 것은 그때 언니가 소변 보러 일어났다가 다시 침대로 갔다는 뜻이었다.

하지만 언니는 완전히 깨어 있었다. 실은, 일어나 거울 앞에서 분홍색 빗으로 긴 머리를 빗고 있었다.

나는 거기에 서 있는 언니를 보고 너무 놀라서 잠깐 그녀가 내 언니가 아닌 것 같은 느낌이 들었다.

“안녕.” 내가 말했다.

언니는 대답하지 않았다. 그저 빗질만 하고 있었다.

“얘기 들었어…… 어제 언니한테 무슨 일이 있었는지. 오늘 아침에 엄마가 얘기해 줬어.”

언니는 여전히 아무 말도 하지 않았다. 탁탁 빗질 소리가 났다.

나는 숨을 깊게 들이쉬었다. “엄마 아빠가…….”

“그 얘기는 하고 싶지 않아.”

나는 침대에 앉아 침대 시트에 난 작을 구멍을 손가락으로 후벼 더 크게 만들었다. “엄마가 그러는데 3학년을 다시 다닐까 생각 중이라며?”

“아직 결정 안 했어.”

“하지만 학교를 1년씩이나 또 감당할 수 있겠어?”

“모르겠어.” 그녀는 머리를 더 세게 빗었다. 빗솔이 두피를 긁을 때마다 북북 소리가 났다.

“그럼 어떻게 하고 싶은데?”

“알아볼 거야. 몇 가지 방법이 있어.”

언니가 ‘방법’이라는 말을 쓰다니 정말 어색했다.

“하지만 정말 1년을 또 다닐 마음이 있는 거야?” 내가 물었다. “그러는 게 더 나을 거라고 생각해?”

“응.”

“알겠어.” 나는 앉아서 잠시 언니를 지켜보기만 했다. 그리고는 말했다. “나는 그렇게 생각하지 않기 때문에 묻는 것뿐이야.”

언니 입술이 오므라들었다. 사실 거울로 보니 그녀의 얼굴 전체가 오므라들었다.

“그렇구나, 의견 줘서 고마워.”

“난 언니를 도우려는 것뿐이야.”

그녀는 더 세고, 더 빠르게 빗질을 했다. 얇은 금발 머리카락이 공중에서 나풀거리며 바닥을 향해 떨어졌다.

“문제가 있으면 말을 해. 그렇게 짜증 내면서 빗질만 하지 말고.”

언니는 계속 빗질을 했고 계속 화나 보였다.

나는 침대에서 일어났다. “솔직히 말하면 언니 생각해서 들어왔던 것 뿐이야.”

언니가 거울로 나를 노려봤다. “대단하네, 고마워. 나도 노력하고 있고 싸우고 있는데, 너는 난 할 수 없다고 말하고 싶은 거지?”

심장이 두 배로 빨리 뛰기 시작했다. 온몸이 긴장되고 뜨겁게 달아올랐다.

"진심이야?" 내가 말했다. "언니는 자기 다리로 걷지도 못하면서 1년을 다시 할 수 있다는 걸 나보고 믿으라고?"

"나쁜 계집애, 너, 아주 못됐구나." 언니 눈에 눈물이 고였다. "이게 내가 원하는 거라고 생각해? 이런 상태로 사는 게?"

"나도 몰라." 나는 언니가 밤에 인터넷에서 찾은 모든 검색어를 생각하며 말했다. "그래도 최소한 스스로 뭐라도 하려고 노력할 수는 있잖아. 치료 시간에 참석하려고 노력해, 시험 보려고 노력하라고. 긍정적인 생각하려고 노력해. 언니는 해 보려고도 안 하잖아! 최악의 경우 어떤 일이 생기는데? 실패하는 거? 그러면 어때! 다들 실패해, 하지만 다시 살아가. 사람들은 다 거지 같은 일을 겪고 살아!"

언니는 빳빳이 미동도 않고 서 있었다. 처음에는 언니가 내 말을 완전히 무시하는 줄 알았다. 그런데 그때 얼굴이 벌게져서 내 쪽으로 돌아섰다. "너처럼 완벽하다면 얼마나 좋겠어. 언제나 옳은 일만 하고. 항상 엄마 아빠를 기쁘게 하잖아."

속에서 분노가 끓어올랐다. 이제 이렇게 된 이상 더는 참지 못할 것 같았다. "나라고 삶이 완벽한 줄 알아? 내 시간의 반을 언니 보조 교사로 사는 거, 그게 그렇게 좋을 것 같아?"

"나가!" 언니가 소리질렀다. "내 방에서 나가!"

내가 문으로 걸어가는데 뭔가가 내 목덜미를 때렸다. 세게 맞아 찌르는 듯 엄청 아팠다. 돌아보니 바닥에 떨어진 분홍색 머리 빗이 눈에 들어왔다. 고개를 들자 세실 언니와 눈이 마주쳤다. 언니 볼에 눈물이 흐르고 있었다. 얼굴이 온통 일그러져 있었다.

"내 인생이 정말 싫어! 내 자신도 꼴보기 싫어!"

나는 목으로 손을 가져갔다. 지금 언니가 초라해 보이는 만큼 나는 아직도 화가 났다.

"내가 어떻게 해 줄 수 없어." 내가 말했다.

언니의 아랫입술이 떨렸다. 나는 잠깐 언니에게 미안한 마음이 들었지만, 다시 마음을 다잡았다.

"여기에 있어." 언니가 말했다. "그러면 안 돼? 나하고 여기 있어." 언니가 내 쪽으로 팔을 뻗었다.

그 팔을 보니 내 안의 모든 것이 움츠러들었다.

"언니는 내가 내 인생을 사는 게 견딜 수 없는 거야, 그렇지 않아? 내가 매일 밤 언니하고 누워서 넋 놓고 컴퓨터나 보는 걸 원하지 않으니까 화난 거잖아."

"아니야." 언니는 몇 번이나 고개를 흔들었다. 아직도 눈물이 볼을 타고 흐르고 있었다. "이 세상에서 나를 진정으로 이해하는 사람은 너뿐이니까 그래. 너는 내가 괜찮다고 믿게 만드는 유일한 사람이야. 그런데 너를 잃고 있는 것 같으니까."

"하지만 나도 노력해서 행복해지고 싶어! 크리스토퍼와 같이 있고 싶고, 내 친구들하고 여행하고 싶고, 마냥 여기에 있을 수는 없다고. 이해 못 하겠어?"

우리는 둘 다 식식대고 있었다.

"그 애랑 만나면 안 돼." 언니가 말했다.

"그만해."

"후회할 거야."

언니 목소리에 뭔가 필사적인 느낌이 들자 내 심장은 두 배나 빠르게 뛰었다.

"후회 안 해!"

"그럴 거야." 언니가 말했다. "어쨌든 걔는 너를 슬프게 할 거야. 너를 두고 딴전 피울 거야. 아니면 떠나 버리든가. 갭이어gap year◆ 동안 뭘 하겠어?"

"조용히 해! 그냥 입 닥치라고!"

나는 이 집구석을 더는 참을 수가 없었다. 엄마도 아빠도 언니도 전부. 모두가 어딘가 아픈 것 같고, 그 병이 결국 나한테까지 옮긴 것 같았다.

나는 방에서 뛰쳐나갔다. 엄마가 복도에 서 있었다. 문 옆에서 듣고 있었던 것이 틀림없었다. 엄마가 "무슨 일이니, 아스트리드?"라고 말하며 내 팔을 잡으려고 했다.

◆ 고교 졸업 후 대학 생활을 시작하기 전에 일을 하거나 여행을 하면서 보내는 1년

하지만 나는 엄마 팔을 옆으로 밀치고 부엌으로, 정원으로 달려 나가 버렸다.

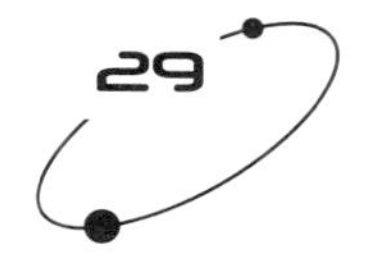

주택가를 걸어가는데 온몸이 떨렸다. 크리스토퍼에게 전화를 걸었다. 그의 목소리를 들어야 했다.

그가 전화를 받지 않았다.

응답기로 넘어가기 직전에 전화를 끊고 다시 걸었다. 여전히 받지 않았다. 심장이 두근거리고 입이 마르고 2초 이상은 참을 수가 없었다. 문자를 했다. '전화 좀 해 줘!'

문자를 또 보냈다. '너하고 얘기하고 싶어!'

엄마가 몇 번이나 전화했지만, 나는 크리스토퍼가 전화를 할까 봐 매번 재빨리 통화를 거절했다. 나는 그가 내 문자를 보자마자 자기한테 오라고 할 거라고 생각했다. 집 앞 도로에서 나를 만나고 파티를 제쳐 두고 나를 안고 남은 밤 동안 나와 얘기할 거라고.

하지만 그러려면 그가 전화하기를 기다려야 했다.

그의 집 쪽으로 향했다. 두 블록 떨어진 곳에서 인도에 앉아 기다렸다. 파티 소리가 들렸다. 끊임없이 쿵쾅대는 베이스 소리. 내 전화는 여전히 조용했다.

나는 요나스에게 문자를 했다. '지금 당장 얘기할 사람이 필요해.'

요나스도 대답이 없었다. 벌써 자고 있나 보다.

나는 거의 20분을 기다렸지만, 크리스토퍼는 여전히 대답이 없었다. 그리고 나는 10분을 더 기다렸다. 그의 전화를 기다린 지 거의 1시간이 지났다.

자리에서 일어섰을 때 나는 집에 갈 생각이 없다는 것을 알았다.

짧은 치마를 입은 모르는 여자애 두 명이 크리스토퍼의 집 밖에서 담배를 피우며 서 있었다. 그들은 나를 신경쓰지 않았다. 집 안은 음악 소리가 너무 커 귀가 울렸다. 나는 거실과 뜰에서 사람들을 헤치고 다녔지만, 그는 어디에도 보이지 않았다. 한 반을 위한 파티는 아닌 것이 분명했다. 이곳엔 30명보다 훨씬 많은 거의 두 배의 사람들이 있었다. 부엌을 지나 돌아 나오는 길에 필립과 마주쳤다.

"헤이—이!" 그가 반쯤은 나를 안고 반쯤은 어깨를 부딪치며 소리쳤다. "왔네?"

"크리스토퍼는 어디 있어?"

그는 입을 내 귀에 아주 가까이 대고 소리를 질렀다. "위층에서 리브하고 아주 진지한 대화 중이야!"

"리브?" 내가 큰소리로 물었다. "리브가 누군데?"

"얼마 전에 남자 친구한테 세차게 버림받은 여자애 있어!" 그는 뭔가 재미있는 일이 있는 것처럼 소리 내어 웃었다. "뭐 갖다 줄까? 위스키 콜라? 샷으로?"

나는 대답하지 않았다. 필립이 내 팔을 잡았을 때 나는 벌써 나가고 있었다. "야! 지금 당장은 방해하지 마."

나는 홱 뿌리치며 위층을 향해 걸어갔다. 계단 중간에 키스하는 커플이 있어서 나는 옆으로 비켜 가야만 했다. 크리스토퍼의 방문은 닫혀 있었다. 나는 아주 잠깐 노크를 할까 하다 그냥 문을 열어젖혔다.

그는 침대에 앉아 있었다. 그의 옆에는 리브일 것이 틀림없는 여자애가 앉아 있었다. 최근에 버림받아 슬픔에 빠져 있다는 애가 왜 두 개의 큰 가슴을 강조한 드레스를 입고 있는지 이해할 수 없었다.

"어? 아스트리드?"

깜짝 놀란 그의 표정이 나를 내리쳤다. 상실의 공포는 누군가 폐에서 공기를 쥐어짜는 것 같은 느낌이었다.

"여기서 뭐 해?" 그가 일어섰다.

"전화했었어." 내 목소리가 갈라졌다. "문자도 했고."

그가 내 쪽으로 걸어왔다. 전에는 그에게서 맡아 본 적이 없는 술과 담배 연기가 섞인 이상한 냄새가 훅 들어왔다.

"못 봤어." 그가 말했다. "무슨 일인데?"

"얘기할 수 있어? 따로?"

"으응…… 그래……." 그는 침대에 앉은 슬프지 않은 여자애 쪽으로 돌아서며 말했다. "금방 다시 올게."

그녀의 대답을 들음으로 더 창피당하고 싶지 않았다. 나는 등을 돌려 밀치며 계단을 내려가고, 계단에 있는 속이 뒤집힐 것 같은 커플을 거의 발로 찰 뻔하고, 우리가 지나갈 때 우릴 음흉하게 쳐다보는 밖에 있던 두 여자애에게 가운데 손가락을 날릴 뻔했다.

"여기서 뭐 해?" 집 밖으로 나오자마자 크리스토퍼가 또다시 물었다. 가로등은 조금도 빛나지 않지만, 달빛이 그의 얼굴을 보여 줬다.

"정말로 너를 만나야 했어." 내가 말했다.

그는 나를 안아 주지 않았다. 마치 팔을 어디다 써야 할지 까먹은 사람처럼 차려 자세로 그냥 내 앞에 서 있었다.

나는 심호흡을 했다. "오늘 아침에 부모님이 세실 언니를 정신과 병동에 데리고 갔어. 그리고 우리가 방금 심하게 싸웠어. 나랑 언니 말이야. 그리고 내가, 내가, 심한 말을…… 그러니까, 입에 담을 수 없는……."

"정신과 병동, 그리고 뭐? 천천히 말해 봐."

나는 그를 가만히 쳐다봤다. 그는 약하게 흔들리고 있었다.

"미안." 그가 말했다. "네 말이 너무 빨라서. 너무 말을 많이 하고 있다고, 알겠지?" 그러고는 마치 이 모든 것이 그에게는 재미있다는 듯이 한쪽 입꼬리를 올리고 웃었다.

갑자기 세실 언니가 계속 옳았다는 것을 알았다. 그가 친절하게 굴고 나를 행복하게 해 주고 싶다고 말은 할지 몰라도 실제로는 천박한 멍청이 새끼일 뿐이었다.

"왜 여기에 이렇게 사람이 많아?" 내가 물었다. "너네 반을 위한 파티라고 하지 않았어?"

그는 어깨를 으쓱했다. "사람들이 친구들을 데리고 와서 그래."

"그러면 너는 왜 네 방에 혼자 있었어? 너랑 그……." 그 애를 너무 추한 말로 부르지 않도록 똑바로 정신 차려야만 했다. "여자애랑?"

"너는 나 감시하려고 여기 온 거야?" 갑자기 그는 화가 난 목소리였다. 그러더니 그가 마음을 바꿨다. "걔는 리브야."

"그렇게 슬프다면, 그 애는 위로해 줄 여자친구가 없어?"

"내가 그 애 친구야. 남녀가 친구가 될 수 있다고 가르친 사람이 너 아니었어?"

"그럼 그 애랑 잔적은 없는 거고? 단지 친구라는 거지?"

"맞아." 그가 말했다. "아, 아닌가? 뭐라고 말해야 네가 화를 안 낼까?"

"솔직히 말해."

"그럼, 응. 아니, 아니라고. 뭐라고 물어 봤지?" 그는 손을 가로등에 대고 기댔다. 그는 균형을 잃을 뻔하다가 다시 잡았다.

"얼마나 취한 거야?" 내가 물었다.

"정신없이 취했어." 그가 대답했다.

"떡이 되도록 취해서 정신 빼놓고 비틀거리며 다니는 게 재미있어?"

"음. 응." 그는 또 그 멍청한 웃음을 지었다. "내 친구들하고, 데킬라 한 병 마셨어. 근데 응, 솔직히 정말 재미있어. 너도 한 번 해 봐." 그가 드디어 팔로 내 허리를 감싸려고 앞으로 한걸음 나왔지만, 너무 늦었다. 나는 그를 밀쳐냈다.

"냄새나. 친구들이랑 있을 때 담배 피운다고 왜 말 안 했어?"

"네가 그렇게 지루한 사람이라고 왜 말 안 했어?"

"이런 얘기 하기 싫어." 내가 말했다. "그냥 네 파티로 돌아가."

"와, 고마워서 어쩌나."

나는 그의 비꼬는 말투를 그냥 넘기지 못했다. "위층으로 가서 다른 사람하고 섹스나 해, 그게 네가 원하는 거라면. 난 신경 끌 테니까."

내가 돌아서기 전에 그가 내 어깨를 잡았다. "대체 왜 그래?"

"난 웃음거리가 되긴 싫어."

"뭐? 다른 여자애들하고 말도 못 해?"

"나는 그냥 네가 술에 취해서 다른 사람하고 자는 게 싫어."

"잠깐만." 그가 말했다. "내가 빠져 있는 건 너야. 백만 번은 얘기했잖아, 아스트리드. 제발." 그의 목소리가 부드러워졌다. 조금 더 그다워졌다. "하지만 이렇게 무작정 오면 안 돼…… 지금은 내가 파티 중이잖아, 알겠어?" 그가 내 팔을 놓았다. "이 얘긴 내일 할 수 없을까?"

"모르겠어."

한편으로 나는 그에게 울며 매달려 우리 사이는 영원하다고, 아무것도 아무도 우리를 갈라놓을 수 없다고 약속하라고 애원하고 싶었다. 하지만 그런 것은, 그렇게 짧은 시간을 만난 사람들은 특히, 그 누구도 약속할 수 있는 일이 아니란 것을 알았다. 그래서 나는 속으로든 겉으로든 냉정해지려고 애썼다. 그는 내 얼굴을 자세히 살폈다. 그의 눈이 빈틈을 찾아 여기저기 훑고 있는 것이 느껴졌다. 그는 결국 틈이라고는 없다는 것을 알았다.

"그럼 이제 어쩌자고?" 그는 자기 팔을 허공에 내던졌다.

"우리는 너무 다를지도 모른다는 생각이 들어."

"그래, 너는 절대로 섣불리 사람을 판단하는 사람이 아니니까." 그가 코웃음을 쳤다. "내가 어떤 사람인지 정확하게 알고 있겠지."

"내 말은 그게 아니야. 너는 그냥…… 난 네가 날 행복하게 할 수 있다고 생각했어, 하지만 넌 그럴 수 없어."

잠시 나는 이제 끝났다고 확신했다.

그가 돌아서서 집으로 돌아가겠지.

그때 그가 말했다. "젠장, 이건 말도 안 돼! 너는 요만큼만 너를 내놨어." 그는 엄지와 검지로 작은 공간을 만들어 보였다. "나는 늘 너의 요만큼만 허락받아, 그런데도 나는 주고 또 주면서 내가 얼마나 널 원하는지 말해야 한다는 거지, 그런 거야?"

그의 가슴이 빠르게 들썩거렸다. 눈을 부릅뜨고 있었다.

나는 한걸음 뒤로 물러서 그에게서 떨어졌다.

"처음부터 실수였던 거야." 내가 말했다. "아주 큰 실수."

그것이 내가 그에게 한 마지막 말이었다. 그리고 나는 돌아서 갔다. 나는 테라스가 다 똑같이 생긴 작은 집들을 계속 지나갔다. 차들이 잠들어 있는 진입로들을 지났다. 개를 산책시키는 사람 한 명을 지나친 것 외에는 아무도 없었다. 크리스토퍼는 나를 따라 뛰어오지 않았다. 아무도 나를 부르지 않았다.

나는 울면서 밤길을 걸어갔다.

요나스에게 연달아 세 번 전화를 걸었지만 받지 않았다. 그래서 베로니카에게 전화를 했다.

"여보세요?" 목소리가 잠긴 것이 자고 있었던 것 같았다.

"요나스하고 같이 있니?"

"뭐라고?"

"나, 아스트리드야!" 나는 소리쳤다. "요나스 거기 있어?"

"여기 요나스 없는데……. 너, 우는 거야?"

"아니!"

"우리 집에 와도 돼." 그녀는 아주 부드럽게 말했다. "속상한 일 있으면."

어이가 없는 건 내가 베로니카의 제안을 받아들인 것이었

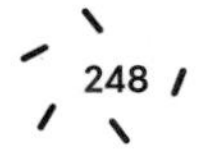

다. 이상한 건 한 번도 걸어 본 적이 없는 길을 자연스럽게 걸었다는 것이다.

베로니카는 다용도실 문을 통해 나를 들이면서 부모님과 남동생들은 자고 있다고 했다. 우리는 조용히 위층으로 올라가 문을 닫았다. 나는 내 몸이 접히는 빈백 의자에 앉아 있고 베로니카는 꽃무늬 잠옷을 입고 침대 위에 있었다. 벽은 초록색이었다. 방은 휴가지 오두막에서 나는 냄새, 라벤더 향기가 났다.

나는 요령껏 앞부분은 빼고 바로 파티로 건너뛰어 크리스토퍼와 나눈 대화를 얘기했다.

"그래서 지금 다른 사람하고 있을 게 분명해. 왜냐하면 사람들은 자기가 하지도 않은 일로 비난받는 것을 싫어하니까. 그래서 그냥 저질러 버리거든."

"당연히 다른 사람이랑 있지 않아." 베로니카는 자기의 말을 믿게 하는 힘이 있었다. "왜 그를 믿지 않아?"

"그냥, 그 애가 내가 생각했던 그런 사람이 아닌 것 같아."

"사람들은 다 서로의 본모습을 잘 못 보고 산다고 생각하지 않아?" 그녀의 볼이 약간 발그레해졌다. "하지만 그를 좋아한다면서 그 사람의 좋은 점을 생각하지 않는 것은 어리석은 짓이야."

그 말을 듣고 나는 빈백 의자 속으로 사라지려는 듯이 팔과 다리를 감아올렸다.

"지금은 전부 엉망진창이야." 내가 말했다.

그녀는 잠시 말이 없었다. "요나스가 그러는데, 네가 요즘 집에서 엄청 압박감을 느낀다고 하더라."

"걔가 뭐라고 했어?"

"그냥 너희 언니가 안 좋다고. 불안증이었나?"

베로니카가 언니의 불안증을 잘 알고 있다는 것, 요나스가 그냥 지나가는 말로 한번 말한 게 아니라는 것은 안 봐도 뻔했다. 그녀가 요나스와 알고 지내는 내내 요나스가 나에 대해, 나와 언니의 관계에 대해 불평했던 것이 분명했다. 내가 아는 한, 내 가장 친한 친구는 불평하지 않고 지나는 날이 하루도 없었을 것이다.

"정신적인 병은 다리 부러진 것과는 달라." 내가 말했다. "죽을병이 아니라는 것은 나도 알아. 그렇지만 부러진 다리 같은 것도 아니야."

"언니를 도와주려고 뭘 하고 있는데?"

"전부 다. 정말이야, 우리는 전부 다 하고 있어!"

"전부 다?" 그녀는 안경을 올렸다. "할 일이 많겠는데."

"그런데 언니는 건강해지기 싫은가 봐. 언니를 불안하게 만드는 온갖 이상한 것들을 구글링하는데 시간을 다 쓰고 있다니까. HIV, 암, 그런 것들. 환장할 일이지!"

"그렇지." 베로니카가 말했다. "정말 환장할 노릇이다. 그런데, 그러니까, 그게 병인 거 아닐까?"

말이 되는 것 같기도 했다.

"이번 달은 정말 끔찍해, 내 인생에서 최악이었어!" 나는 크리스토퍼를 생각하고는 고쳐 말했다. "거의 그래. 그리고 줄곧 배에 통증이 있어. 부모님은 내가 어떻게 지내는지 몰라, 아니면 관심이 없던지. 그리고 요나스도 관심이 없어."

"이런 얘기를 가족에게 해야 할 것 같은데." 그녀는 요나스도 문제의 일부라는 점은 깡그리 무시한 채 말했다. "그래야 네가 어떤지 알지."

"징징대는 건 정말 나하고는 거리가 멀어서."

"사람들에게 네가 어떻게 느끼는지 얘기하는 건 징징대는 게 아니지. 내가 너희 부모님이라면 알고 싶을 것 같아."

"넌 우리 가족을 몰라서 그래. 우리 아빠는 완전히……."

그녀가 말을 끊었다. "가끔은 사람들에게 자신의 가장 좋은 면을 보여 줄 기회를 주는 것도 좋을 것 같아."

그 말에 나는 잠시 침묵했다.

"처음에 난 너를 좋아하지 않았어." 나는 마침내 말했다. "아마 너를 조금 질투했었나 봐."

"나한테 질투할 게 뭐 있다고. 난 아주 평범한데."

"네가 전학왔을 때 나는 요나스가 너를 '베로니카랩터'라고 부르게 했어. 그냥 놀려 주려고."

그녀는 눈도 깜박이지 않고 나를 조금 오래 쳐다봤다. 무슨 생각을 했는지 모르겠다. 아마도 내가 완전히 모자란 애라고 생각했을지도 모른다.

"너, 요나스하고 사귀니?" 내가 물었다.

"아니야. 우린 천천히 진도 내고 있어." 이 말은 상당 부분 '응, 죽음이 우리를 갈라놓을 때까지'라는 의미를 베로니카식으로 느긋하게 말하는 것으로 들렸다.

"너희 나, 잊어버리면 안 된다."

"오히려 요나스는 네가 자기를 잊었다고 느끼는 것 같던데."

"말도 안 돼! 걔 문자에 답하는 데 천년은 걸려. 나는 아주 안중에도 없는 것 같이 군다고."

"흠." 그녀가 아랫입술을 깨물었다.

"뭔데?"

그녀가 내게 전달하기 곤란한 내 얘기를 요나스가 한 것이 분명했다.

"내 생각에…… 요나스는 네가 필요할 때만 자신을 만나고 싶어 한다고 느끼는 것 같아. 너에게 문제가 생겼을 때 말이야." 그녀는 반쯤 감긴 눈으로 나를 쳐다봤다. "요나스는 자기가 널 필요로 할 때도 네가 곁에 있기를 바라는 것 같아."

"당연히 걔가 필요할 때 내가 곁에 있지."

"알아, 그런데…… 네가 공부하느라 너무 바쁘다고 요나스

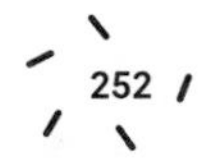

시험 때 안 왔잖아. 그리고 걔 아빠 기일도 잊어버렸고. 일주일 전이었어.”

“어떡해.”

내가 요나스를 처음 만난 날 그는 자기 아빠가 5년 전 이웃 마을과 친선 경기를 하다가 죽었다고 말해 줬다. 요나스 아빠는 공을 차고 소리 지르고 상대편에 고함을 질러대다가 한순간 갑자기 심장 마비로 쓰러져 그 자리에서 돌아가셨다. 또한 엄마하고 형제들과 함께 매년 6월 20일이면 교회 묘지에 있는 무덤에 꽃과 그의 아빠가 여름이면 늘 쓰고 다니던 벙거지를 올려놓는다고도 했다. 나는 오래전에 달력에 그날을 표시해 뒀고 그날 요나스를 안아 주고 가지고 갈 모자도 주고 싶었다. 그런데 까맣게 잊어버렸다.

“조만간 그 일에 대해 얘기하는 게 좋을 것 같아.” 베로니카가 계속해서 말했다. “그래야 너희 사이에 커다란 응어리가 되지 않지.”

“고마워. 그렇게 할게.”

베로니카는 침대와 빈백 의자와 작은 책상 사이의 좁은 공간을 가늠하듯이 방을 둘러봤다.

“간이침대 가지고 올까?”

어둠 속에 누워 있는데, 베로니카가 갑자기 말했다. “그런데 크리스토퍼 얘기로 돌아가서, 내일 전화해서 네가 그렇게 행동한 거 미안하다고 말해야 할 것 같아. 다시 친구가 될 수 있냐고 물어 봐. 아니면 너희가 어떤 관계든, 다시 돌아갈 수 있는지."

"귀엽네. 그런데 두 번째 기회 같은 건 로맨틱 코미디에서나 가능한 거야. 현실은 그렇지 않아. 우리처럼 서로를 안 지 짧을 때는 불가능해."

"현실에서 어떻게 될지는 너한테 달렸어." 그녀가 말했다.

다음 날 아침 나는 5시 반, 첫 새벽빛이 창문으로 비칠 때 일찍 잠에서 깼다. 내가 어디에 있는지 깨닫자마자 다시 눈물이 터질 것 같았다.

엄마가 밤새 여러 번 전화했고 문자를 보냈다.

'제발 전화 좀 해 줄래?'

'크리스토퍼 집에서 자는 거 맞지?'

'제발 살아 있다는 신호라도 보내 줄 수 있니?'

그리고 새벽 5시에 문자를 보내 늦어도 8시 반까지는 집에 올 수 있는지 물었다. 그 시간은 엄마가 집을 나가야 하는 시간이고 세실 언니가 거의 밤을 세워서 혼자 두지 않는 게 좋을 것 같기 때문이었다.

'가능하다면'이라고 쓰고 하트 하나를 보냈다.

나는 이상한 소리를 내며 힘주어 눈물 콧물을 삼켰다.

"일어났어?" 베로니카가 침대 바깥으로 머리를 내밀었다. 안경을 안 쓴 베로니카의 눈은 작고 두더지 같았다. "조금 더 잘까?"

"집에 가야 할 것 같아."

"지금?" 베로니카가 말했다. "아침 먼저 먹지 않을래? 롤빵 구워 먹을까?"

"지금은 너의 가족을 안 만나는 게 좋겠어. 미안하지만, 그래도 괜찮다면."

나는 먹을 생각이 전혀 없는 치즈 샌드위치를 들고 베로니카의 집을 나섰다. 치즈를 싫어한다고, 특히 베로니카가 내 손에 샌드위치를 쥐어 주기 전에 조심스럽게 자른 치즈처럼 지독한 곰팡내가 풍기는 치즈는 절대 싫다고 차마 말할 수가 없었다.

"이제 됐다." 베로니카가 말했다. "그럼 내일 트럭 장식할 때 보겠네, 그렇지?"

"응. 그리고 고마워." 나는 현관에서 잠시 머뭇거렸다. 여기를 나가는 순간 나를 기다리고 있을 골치 아픈 일들을 생각하니 기운이 빠졌다.

"모든 일이 잘되길 바라." 베로니카가 팔꿈치로 나를 슬쩍 찌르고 문을 닫았다.

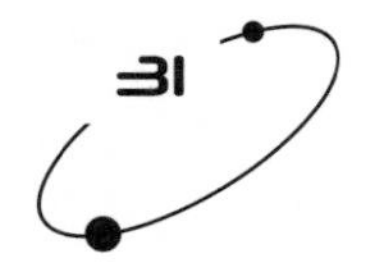

아주 오래전 우리가 어렸을 때 언니는 내 세상의 전부였다. 우리가 아침을 먹을 때나, 언니가 졸린 눈을 비비며 앉아 있을 때 언니를 보며 그렇게 느꼈고 언니가 움직이는 것을 내가 움직이는 것으로 알았다. 그리고 내가 언니 말고는 아무것도 기억하지 않던 시절이 있었다. 오직 아스트리드와 세실 뿐이었고 우리는 다른 누구도 필요하지 않았고 고개를 돌리면 거기에는 늘 언니가 있었다.

왜 세상일이 우리가 아이였을 때처럼 단순하지 않은지 모르겠다. 모든 것을 할 수 있었던 언니가 이제는 할 수 없다는 것, 가족은 네가 기대했던 것만큼 강하지 않을 수도 있다는 것, 바로잡을 수 없는 일들이 있다는 것, 왜 이런 것들을 정신 차리고 깨달아야만 하는 것인지 모르겠다.

우리 가족에게 생겼던 일을 생각하면 옛날처럼 좋았던 때로 되돌아갈 수 있을지 모르겠다. 그래 맞다, 누가 죽어 가는 것은 아니었다. 하지만 이제 나는 더는 모든 것을 붙들고 애쓰는 사람이고 싶지 않았다. 정말 나 혼자서 변화시킬 수 있는 것처럼 굴고 싶지 않았다.

집에 들어갔을 때 집 안은 잠들어 있었다. 주전자를 올리고 창밖을 물끄러미 바라보았다. 물이 끓을 때 부모님 방문이 삐걱거리는 낯익은 소리가 들렸다. 잠시 뒤 엄마가 가운을 입고 문간에 서 있었다.

"누가 오는 소리를 들었어." 엄마가 말했다. 미간에 깊은 주름이 잡혔다.

"어제는 무슨 일이었니?"

부모님에게 해야 할 말을 생각하니 마음이 편치않았다. 우리가 해야만 하는 얘기.

"아빠 주무셔?"

"그럴걸." 갑자기 엄마 얼굴이 창백해졌다. "무슨 일 있었어?"

"아니, 아니야. 그냥 슬퍼서 그래."

"뭐가 슬픈데?"

"난 그냥 행복하고 싶어."

"그럼, 당연히 너는 행복하고 싶어 해도 돼." 엄마는 어리둥

절한 것 같았다.

"그래?"

"그럼, 우리 모두 행복해야지."

"하지만 실제로는 아무도 행복하지 않잖아."

"아스트리드……." 엄마가 내 손을 힘주어 잡았다. "알아, 지금은 세실 때문에 힘들다는 거. 하지만 우리가 언니를 낫게 하려고 모든 수를 쓰고 있으니까. 언니도 마음먹고……."

"굿모닝!" 아빠가 잠옷 차림으로 부엌에 들어왔다. 하품하며 배를 긁었다.

나는 울기 시작했다. 엄마가 갑자기 나를 안을 때까지 내가 울고 있었다는 것을 나는 알지 못했다.

"괜찮아질 거야." 엄마의 입이 내 젖은 볼에 닿았다. "세실은 나아질 거야, 두고 봐."

텔레비전이 켜졌다. 뉴스 소리가 부엌에 쩌렁하게 울렸다.

"토마스." 엄마가 팔은 여전히 나를 안은 채 아빠를 향해 몸을 돌렸다.

"알았어, 미안, 딱 2분간만 골칫거리 말고 다른 일 좀 생각해야 해." 아빠는 부엌 의자에 깊숙이 앉으며 말했다. "커피 있어?"

바로 그 순간 내 속에서 일이 벌어졌다. 내 속의 무언가가 참을 수 없었다. 나는 걸어가 아빠의 손에서 리모콘을 빼앗아 딸깍 소리를 내며 텔레비전을 껐다. 아빠는 누군가 자기가 켠

텔레비전을 꺼버릴 수 있다는 데 정말로 충격을 받은 것처럼 나를 뚫어지게 쳐다봤다.

내가 말했다. "내가 엄마에게 하는 얘기 좀 들어 보면 안 돼?"

"아스트리드야……." 아빠가 깊게 한숨을 쉬었다.

그 한숨 소리에 내 속이 뒤집어졌다.

"내 얘기 듣는 것도 귀찮아? 내가 딱 한 번 할 얘기가 있다는 데도?"

아빠가 나를 응시하며 입술을 깨물었다.

"내가 느끼기에 우리는…… 내 생각에 우리 넷이서……."

엄마가 다시 나를 안으려 했다.

나는 엄마의 팔에서 빠져나왔다. "엄마도 내가 하는 얘기 들어야 해."

엄마는 아빠와 눈길을 교환하며 의자에 앉았다.

"우리가 세실 언니를 건강하게 만들 수는 없어." 내가 말했다. "우린 못 해. 그리고 우리가 늘 너무 힘들게 노력하는 거 그만둬야 한다고 생각해. 언니 스스로 뭔가 해야 해. 우리 말고 다른 사람하고. 그래서 이번에 정신과 의사 만나는 거 좋은 생각일지도 몰라. 그리고 약물 치료도."

부엌 시계가 큰 소리로 재깍댔다. 부모님은 한마디도 없었다. 나는 용기를 잃을 뻔했지만 숨을 크게 들이쉬고 계속 말했다. “그래도 우리 모두를 위해 이 상황이 나아지도록 우리가 할 수 있는 일이 있을지도 몰라. 가족 상담 치료를 받는 거야.”

이것은 내가 지난밤에 생각해 본 일이었다. 요나스가 말했던 자기 아빠가 돌아가신 후에 식구들이 했던 것인데 이제는 가족이 되는 법을 모르는 우리가 할 수 있을까 생각해 봤다.

아빠는 헛기침을 했다. “그러게…….” 아빠가 까끌까끌 소리가 나도록 턱수염을 문지르며 말했다. “한 팀으로 노력하는 게 말이 될 수도 있겠다.”

“그렇게 생각해?” 나는 아빠를 봤다. “왜냐하면 가끔 아빠가 우리를 신경 쓰지 않는 것처럼 느꼈거든. 우리 모두를.”

“당연히 신경 쓰지. 다만 나는 회사 전체를 책임지기도 해야 하니까, 아스트리드. 집 안에 힘든 일이 있다고 내 손에 있는 모든 일을 걸핏하면 내려놓을 수는 없어. 특히 힘든 일이 끊이지 않을 때는 더 그래.”

“하지만 그것도 아빠가 할 일이잖아.” 내가 말했다. “우리를 대할 힘을 찾는 거. 심지어 우리가 완전히 정신이 나가고 아빠가 그것에 대해 개뿔도 이해할 수 없을 때도 말이야.”

잠깐 어색한 분위기가 흘렀다. 마치 내가 우리 집에서는 입 밖으로 내면 안 되는 일을 소리내어 말한 것처럼.

“네 말이 옳아.” 마침내 아빠가 말했다.

엄마는 아직도 아무 말도 하지 않았다. 그저 자기 의자에 꼼짝하지 않고 앉아 있기만 했다.

"좋아, 그렇다면 방법을 찾아봐야겠다." 아빠가 다시 한번 헛기침을 했다. "내 생각에는 우리가 할 수 있는…… 상담 같은 것이 뭐가 있는지 알아봐야 할 것 같아." 그는 엄마를 옆눈으로 흘끗 봤다.

"꼭 실패 선언하는 것 같네." 드디어 말을 하는 엄마의 목소리가 떨렸다. "우리가 이제는 더는 가족이 되는 법을 모른다고."

나는 지금 아빠가 엄마를 안아 줘야 할 때라고 생각했다.

하지만 엄마에게로 가 그녀를 안아 준 사람은 나였다.

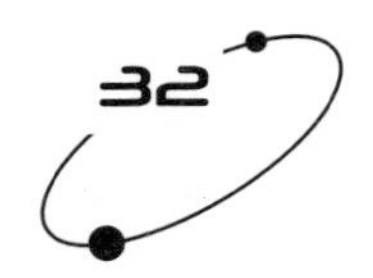

아빠는 8시 10분에 차를 타고 출발했다. 엄마는 8시 40분에 차를 타고 출발했다. 엄마는 내가 세실 언니와 둘이 남아도 괜찮겠냐고 물었다. 엄마가 또 며칠간 집에서 일하겠다고 하면 해고될지도 모르기 때문에 다른 대안이 무엇인지 나는 모르겠다.

"괜찮아." 내가 말했다. "신경 쓰지 마."

엄마는 다른 일은 생각할 수 없는 것처럼 보였다. "3시 반이면 집에 올 거야. 우리에게 말해 줘서 고마워." 엄마는 내 팔을 꽉 잡았다. "너는 정말 멋진 아이야."

"아빠도 그렇게 생각할까?" 나는 짧고 어설픈 웃음을 터트렸다.

"그럼. 엄마 아빠는 언제나 우리가 세상에서 제일 멋진 두

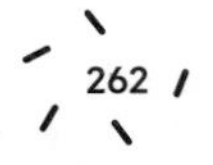

아가씨를 낳았다고 생각했어."

엄마가 집을 나가자마자 나는 요나스에게 문자를 했다. 아빠 기일을 잊어버려서 미안하다, 요나스만 좋다면 언제 교회 묘지로 함께 가서 벙거지를 드리고 싶다고 말했다. 요나스가 좋아하는 것 같았지만 물론 그런 척하는 것이 아닌지는 확신할 수 없었다. 그래서 나는 내가 베로니카에 대해 못되게 군 것에 대해 얼마나 미안한지, 그리고 그것은 순전히 그를 나만 독차지하고 싶어서 그랬다고 얘기하려고 했다. 하지만 내가 무슨 말을 하든 바보같이 들릴 것 같아서 결국에는 모두 지우고 문자에 담긴 내 마음을 그가 읽어 주기를, 사람이 질투할 때 그걸 인정하는 것이 그렇게 쉽지 않다는 것을 그가 이해해 주기를 바랐다.

언니는 10시 반까지 늦잠을 잤다. 나는 몇 번이나 언니를 들여다봤다. 그녀는 입을 벌리고 가끔 입맛을 다시며 옆으로 누워 있었다.

내가 언니를 쳐다보는 중에 언니가 잠에서 깼다.

"깜짝이야! 뭐 하는 거야?"

"언니한테 할 얘기가 있어서."

언니는 눈이 휘둥그레져 일어나 앉았다. 열 몇 시간 전에 자기가 내 미래의 연애 생활에 대해 악담을 퍼부었고 내 뒷머리에 빗을 던졌던 것을 기억하고 있는 것이 분명했다.

"오, 그러지 마. 나한테 화내지 마!" 언니는 다시 침대로 들어가 두 손으로 귀를 막았다. "내가 미안하다고 했잖아!"

나는 언니가 숨는 것을 보며 한동안 거기에 서 있었다. 언니가 어떤 기분일지 알 것 같았다. 누군가 바로 눈앞에서 완성체로 성장하고 있는데 자신은 어느 곳 하나 성장하고 있지 않을 때 얼마나 마음이 아플지 알 것 같았다.

"나중에 얘기하자." 내가 말했다.

"그래도 돼?" 언니가 빼꼼히 내다봤다.

"나쁜 얘기는 아니야. 그래도 나중에 해." 나는 어깨를 으쓱했다.

"뭐 볼까?"

"그러지 말고 오디오북 듣는 건 어때?"

"뭐에 관한 거?" 언니가 콧등을 찡그렸다.

"긍정적인 생각에 관한 것. 내가 필요해."

저녁을 먹고 소파에서 TV를 두 시간 보고 난 뒤에 나는 정원으로 나갔다. 오래된 그네로 가 내 엉덩이를 좁은 주황색 플라스틱 그네 의자에 끼워 넣었다. 그리고 뭐라고 써야 할지 고민하며, 크리스토퍼에게 문자를 찍으며 그네를 왔다 갔다

했다.

'안녕……. 어제는 내가 좀 멍청했어. 술 때문에 오늘 머리 아프진 않아?'

그는 내 문자를 기다리고 있었던 것처럼 금방 답장을 보냈다. '안녕, 아스트리드. 그래, 모든 게 정말 멍청했어. 그리고 맞아, 오늘 믿기 힘들 정도로 끔찍하게 머리가 아파.'

그가 다른 얘기도 하고 더 긴 문자를 했으면 좋겠다. 그가 먼저 연락해서 뭘 물어봤으면 좋겠다. 하지만 기다려도 문자는 더 오지 않았다.

'내일 준비 됐어?' 내 머리에 떠오른 것은 이것뿐이었다.

이번에는 오랫동안 답을 하지 않았다. 20분이 지나서야 문자가 떴다.

'옙. 남들 못지않게 준비됐어.'

그것이 끝이었다.

오래지 않아 언니가 나와서 옆에 있는 그네에 앉았다.

"노을이 예쁘다." 언니가 말했다.

언니의 하늘 얘기에 낙관적인 생각이 내 가슴에서 아주 조금 꿈틀대는 것을 느꼈다.

"아까 얘기하려던 게 뭐였어?"

내가 대답을 하기 전에 우리는 그네를 조금 탔다. "내가 엄마 아빠한테 우리 상황에 질렸다고 얘기했어. 언니만 아니라 우리 가족 모두를 얘기하는 거야."

"나 때문이잖아."

"아니야."

"맞아. 나 때문이야." 그녀는 똑바로 앞을 보고 있었다.

거짓말해 봐야 아무 소용 없었다.

"그렇다 해도…… 이제는 서로 도와서 상황이 나아지도록 만들어야 해. 우리 네 명 모두. 하나의 팀으로서. 한 가족으로서……. 좋아지려고 노력해야 하는 사람은 언니뿐이 아니야. 우리 모두 해야 해."

"그룹 치료 말하는 거야?" 언니가 콧등을 찡그렸다.

"아니, 그룹 치료가 아니라…… 나도 잘 몰라. 하지만 우리가 어떻게 맞서 싸워야 하는지 방법을 알아낼 수 있는 그런 게 있을 거야. 그런 것이 다 소용없는 일이 될까 봐 언니가 두려워한다면 그건 당연한 거야. 나도 무섭거든. 하지만 그건 생각일 뿐이잖아. 생각은 언제든지 바뀔 수 있어. 나는 두려워하기보다는 희망을 가져 볼래."

"나도 그러고 싶어." 언니가 말했다. "내가 선택할 수 있다면. 하지만 난 못해." 우리는 느긋하게 그네를 앞뒤로 흔들었다. 하늘은 차가운 파란색에서 따뜻한 주황빛으로 바뀌고 있었다. 색들은 한없이 천천히 서로 녹아들었다.

"언니가 평생 이런 기분이지는 않을 거야." 내가 말했다. "일 년 안에 모든 것이 달라질 거야. 난 알아."

"네가 어떻게 알아?"

"왜냐하면 모든 것은 항상 변하고 있으니까."

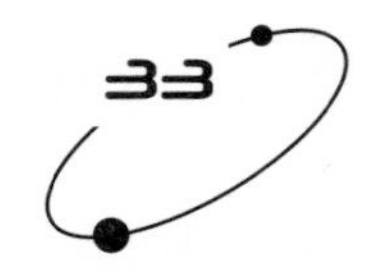

다음 날 아침은 뭔가 달랐다. 침대 밖으로 다리를 내리고, 맨발로 목욕탕으로 들어가고, 얼굴을 씻고, 몸을 닦는 내 움직임조차 다르게 느껴졌다. 나는 생각을 하지 않았다. 그저 바닥 타일의 회색 톤과 거울 속 모습들이 뿌옇게 되는 것과 그 위에 선을 그리고 있는 내 손가락을 자세히 볼 뿐이었다.

목욕탕을 나갈 때 세실 언니가 소변을 보러 안으로 들어갔다.

언니 이불 속으로 파고들어 갔더니 그곳은 아직도 따뜻했다.

"뭐 하고 있는 거야?" 방으로 돌아온 언니가 침대 앞에 서서 잠옷 바람으로 하품을 하며 물었다.

"들어와."

언니는 찡그리며 나를 보고 침대에 걸터앉았다. 나는 이불

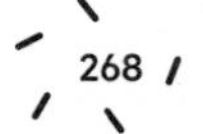

을 들어 올려 언니가 누울 공간을 만들었다.

"이제는 나하고 껴안고 있는 거 싫어하는 줄 알았는데."

"언니하고 껴안고 있는 거 좋아해!"

언니가 내 옆으로 누웠다. 둘이 누워 있는 것이 평소처럼 자연스럽지는 않았다. 우리가 천장을 물끄러미 쳐다보고 누워 있을 때 나는 우리 둘 다 이 '새로운 상황'을 느끼고 있다고 생각했다.

"트럭 장식하러 갈 거야." 내가 말했다. "언니도 올래? 와서 졸업식 보면 되잖아? 캐롤라인 언니도 오잖아."

"못 가겠어."

나는 언니에게 이번이 언니 반 친구들이 졸업하는 것을 볼, 캐롤라인이 졸업하는 것을 볼 단 한 번의 기회라고 말하고 싶었다. 졸업식을 보는 것이 비록 힘들고 아프고 자신이 갖지 못한 것을 일깨워 준다고 하더라도 언니가 용기를 내어 졸업식에 왔으면 좋겠다.

왜냐하면, 그렇게하면 언니가 가질 수도 있었던 모든 것을 일깨워 줄지도 모르니까.

하지만 그때 내 옆에 있는 언니가 느껴졌고 언니의 빠른 숨소리, 언니의 불안이 느껴졌다. 보이지는 않지만, 시멘트처럼 단단하고 실제로 존재하는 무언가와 언니는 매일같이 싸웠다. 그것을 나 혼자 밀고 나갈 수 없다는 것을 알았다.

"알았어." 내가 말했다.

우리는 한동안 말없이 누워 있었다.

"나도 기쁠 거야." 언니가 말했다. "네가 크리스토퍼와 사귄다면 말이야." 언니는 찡그린 표정으로 덧붙였다. "엄마가 그렇게 말하라고 시켰어."

나는 웃을 수밖에 없었다. "알았어, 고마워. 하지만 그런 일은 없을 거야. 우리 싸웠거든."

"우리가 싸웠던 것처럼?"

"비슷해. 하지만 자매는 영원하잖아. 언니가 나한테 머리빗 던졌어도 언니가 날 사랑한다는 거 알아. 인생에서 새로 만난 사람들하고는 그렇지 않거든."

"새로운 인간관계는 다 쓸데없는 소리야, 진심." 언니가 말했다. "크리스토퍼하고는 얘기해 봤어?"

"문자만 했어. 빈말만 했어. 전혀 신경 쓰지 않는 것 같아. 아주 싸늘해. 이제 내 생각은 안 하는 것 같아. 그래서 딱히 …… 하고말고 할 게 없어."

"없지."

나는 언니를 팔꿈치로 찔렀다. "언니 방금 '없다'고 했다."

"야, 네가 그렇게 말했잖아!"

"그럼 반박을 해 봐! 언니 생각은 어떤지 말해 보라고!"

"내 생각?" 언니가 얼굴을 찌푸렸지만 나는 기다렸다. 또 기다렸다. 그때 언니가 손가락을 허공에 대고 천천히 원을 그리기 시작했다. 그리고 고개를 돌려 나를 보며 손가락을 내 코끝에 댔다. "무언가 움직이기 전까지는 아무 일도 일어나지 않는다."

"좋았어. 포스터 인용하고 있는 거겠지. 진짜 지혜롭다! 아주 좋아."

"상대성이론이야." 언니가 손가락을 치우며 말했다. "알베르트 아인슈타인. 하지만 비슷했어, 슈림프."

나는 웃음을 터트렸다.

언니는 벽을 빤히 올려다봤다. "그래도 아직 확신이 없다면, 곰돌이 푸우는 네가 생각하는 것보다 더 용기 있고, 보기보다 더 강하고, 네가 아는 것보다 더 현명하다고 너에게 말하고 싶을 거야. 자, 그럼 이제 하나 골라. 아인슈타인이야, 곰돌이 푸우야?"

빠르게 페달을 돌렸다. 아침 해는 벌써 강렬해서 햇살이 옷 표면을 따뜻하게 덥혔다.

내가 도착했을 때 베로니카와 요나스가 주차장에서 각자의 형광색 텀블러로 커피를 마시고 있었다. 나는 그들 앞에 멈춰 1, 2학년들이 장식하려고 준비 중인 트럭들을 쳐다봤다. 그들은 두 팔 가득 너도밤나무 가지와 풍선, 펄럭이는 깃발을 가지고 돌아다니고 있었다.

"와우." 내가 말했다.

"나야말로 와우……." 베로니카가 나를 위아래로 훑어보며 검지로 안경을 밀어 올렸다. 나는 여름 원피스를 입고 엄마의 굽 있는 샌들을 빌려 신었다.

"우리 그 얘기는 안 하면 안 될까?"

"그러지 뭐." 베로니카가 소리 내어 웃었다.

"나 때문에 그럴 필요까지 없었는데." 요나스가 자기 텀블러를 주며 마시라고 해서 나는 미지근한 커피를 꿀꺽꿀꺽 마셨다. "아니면 누구 다른 사람을 위해서도." 그가 덧붙였다.

나는 "우리도 가 볼까?"라고 대꾸했다.

우리는 열린 트럭 뒤 칸에 꽂힌 막대에 연한 녹색의 너도밤나무 가지를 단단히 동여맸다. 벌써 도착한 DJ 두 명이 몇몇 트럭 위에서 비트를 쏘아대며 믹싱데스크를 설치하기 시작했다.

베로니카와 나는 3학년들이 2주 전에 우리에게 주었던 하얀 현수막을 제자리에 고정시키는 일을 도왔다.

경적 한 번, 좋았어!

경적 두 번, 대단해!

경적 세 번, 잘했어!

트럭 장식이 반 정도 끝났을 때 우리는 풀밭에 앉아 초콜릿 우유와 양귀비씨 꽈배기빵을 나눠 먹었다. 나는 너무 긴장해서 가만히 앉아 빵에 붙은 양귀비씨를 떼어내기만 했다. 그러다 개미 떼가 몰려드는 바람에 우리 반은 몇 미터 아래쪽으로 자리를 옮겨야만 했다. 그때 차들이 주차장으로 들어오기 시작했다.

우리는 앉아서 졸업 모자를 쓴 빨강과 흰색의 졸업생들이 부모, 형제자매, 조부모들과 함께 떼 지어 지나가는 모습을 봤다. 몇몇은 우리에게 미소를 보내기도 했지만, 대부분은 꽤 진지해 보였다. 물론 졸업생들은 교장과 학생회장의 연설과 무대에서 몇 초간 위태롭게 걸어가 박수를 받고 악수를 하는 졸업장 수여식도 기대하고 있기는 했다. 하지만 그들은 아마도 트럭 행진에 가장 흥분하고 있었을 것이다. 인생에서 가장 중요한 3년을 마무리하는 행사니까.

나는 한 가족이 걸어서 지나갈 때마다 가슴이 찌릿했다. 아들이나 딸 옆에서 자랑스럽게 걸어가는 부모들을 볼 때마다 마음이 아렸다.

우리 부모님일 수도 있었는데, 세실 언니가 하얀 드레스를 입고 활짝 웃으며 새로운 삶으로 나아갈 수도 있었다.

요나스가 뒤에서 나를 안고 턱을 내 어깨와 얼굴 사이에 얹었다.

"내년에는 세실 차례일 거야." 그가 말했다.

"그랬으면 좋겠어."

"그럴 거야." 그가 말했다. 그리고 속삭였다. "이런, 2년 뒤엔 우리 차례야!"

장식을 끝내자 남은 일이라고는 기다리는 일뿐이었다. 트럭에서 나는 베이스 소리가 리듬감 있게 쿵쾅거렸다. 기쁨에 찬 졸업생들이 출발하는 모습을 보려고 오는 마을 사람들이 점점 더 많이 보이기 시작했다.

이 많은 낯선 얼굴들은 내가 인파 속에 빠져 익사하는 기분이 들게 했다. 우리는 한 가지 목적으로 함께 있지만, 나는 온전히 혼자이기도 했다.

그때 학부모들이 바깥으로 나오기 시작했다. 그들은 발갛게 상기되어 웃으며 트럭 주변으로 모여들고 전화기와 카메라를 준비하고 있었다.

나는 크리스토퍼 엄마와 할아버지를 찾았지만, 어디에도 보이지 않았다. 드디어 트럭을 장식한 1학년 주변으로 오늘의 주인공들이 정문에서 쏟아져 나왔다. 마치 끝없이 많은 하얀 새들이 무리 지어 다가오는 것 같았다. 나는 숨 쉬는 것을 거의 잊었다. 숨이 목에 걸린 것이 느껴졌다.

그때 그가 보였다. 그는 졸업 모자를 약간 옆으로 돌려쓰고 있었다. 그의 검은 머리가 삐져나와 있었다. 그는 정신없이 사방을 둘러보고 주변 사람들은 그를 쓰다듬고 그의 등을 두드리고, 그는 모자를 들고 인사를 했다. 그리고 그는 시종일관 미소를 짓고 있었다. 그 많은 미소 중에 나를 위한 미소가 없다는 생각에 나는 울고 싶은 심정이었다.

내 앞에 사람들이 몇 겹으로 서 있어서 서둘러 앞으로 나아갈 수 없었다. 졸업생들과 트럭에 타는 그가 보였다. 벌써 손에 맥주를 쥐고 있었다.

트럭에서 음악 소리가 시끄럽게 쏟아졌고 나는 그의 이름을 크게 부르며 팔짝팔짝 뛰어올랐다. "크리스토퍼! 크리스토퍼!"

그에게 내 소리가 들리지 않았다.

전혀 나를 보지 못했다.

그때 내 머리에 나를 보게 할 수 있는 최후의 수단이 떠올랐다. 가방에 손을 넣어 오래 전 그의 목에서 잡아 뗐던 호루라기를 집었다. 호루라기는 차갑고 단단했다. 나는 숨을 한번 깊이 들이쉬고 온 힘을 다해 호루라기를 불었다.

내 앞에 있는 한 노인이 손으로 귀를 막고 화를 내며 말했다. "그만해라!"

하지만 나는 또 불었다. 이번에는 소리가 더 컸다.

더 많은 사람이 돌아봤다. 그리고 마침내 트럭 뒤에 탄 사람들도 내 소리를 듣기 시작했다. 드디어 크리스토퍼가 아래에 있는 사람들 쪽으로 눈길을 돌렸다. 나를 보았다.

눈이 마주쳤다.

나는 여전히 호루라기를 입에 물고 있었지만 이제 내 입에서 미끄러져 내 아래쪽 아스팔트 어딘가에 떨어졌다.

그가 나를 바라봤다.

나도 그를 바라봤다.

아주 오랜 시간이 흐른 것 같았다.

그때 그가 트럭 위 다른 사람들을 거칠게 헤치고 나왔고 사람들을 옆으로 밀치며 사다리로 걸어 내려오다가 뛰어내렸다. 그가 내 앞에 설 때까지 나는 여전히 아스팔트에 그대로 서 있었다. 우리는 인파에 떠밀려 50센티미터 거리에 마주 서 있었다.

"안녕?" 그가 말했다.

"안녕." 입이 바싹 말랐다. 나는 말을 더하기 전에 혀를 몇 번 굴렸다. "그냥 여러 가지로 축하한다고 말하고 싶었어."

"고마워." 누군가 크리스토퍼의 이름을 부르자, 그가 급히 고개를 돌려 뒤를 보았다.

잠시 나는 쥐처럼 아스팔트를 빠르게 지나 사람들 속으로 사라지고 싶었다. 그래서 그를 만날 생각 따위는 모두 떨쳐 버릴까 생각했다. 하지만 그때 그가 다시 나를 보았고 나는 크

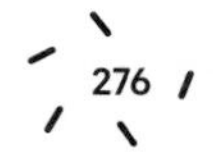

게 숨을 쉬었다.

“미안하다는 말도 하고 싶었어.”

“뭐가?” 돌연 그의 얼굴이 마치 모든 감정을 씻어낸 것처럼 멍해 보였다.

“그거……. 너도 알잖아.”

“모르는데.”

내 얼굴로 피가 몰렸다. “내가 했던 말 미안해. 그런 뜻이 아니었어. 네가 나를 행복하게 하지 않는다는 뜻이 아니었어. 넌 나를 행복하게 해.”

“나도 알아.” 그가 말했다.

“어, 그렇구나.”

“너무 놀란 표정 짓지 마. 넌 얼굴에 다 티나.”

“그날 밤 일 때문에 나를 완전히 바보라고 생각하지는 않는 거지?”

“아니, 그렇게 생각해.” 그가 말했다. “네가 물어보니까 하는 말이야. 하지만 내 상태도 그렇게 좋지는 않았을 거야. 그럼 우리 이제 모든 것을 흑백 논리로만 보지 않는 거다?”

트럭 위에 있는 그의 반 친구들이 박수치며 리듬에 맞춰 그의 이름을 부르기 시작했다.

“스토-퍼!” 짝짝짝.

“스토-퍼!” 짝짝짝.

주차장 건너편을 얼핏 보니 트럭들은 학생들로 가득 찼고 뒤쪽 판을 닫고 출발 준비를 끝냈다. 크리스토퍼만 타면 됐다.

"내일 얘기하자." 그가 말했다. "나, 늦잠 잘지도 몰라. 괜찮아?"

나는 고개를 끄덕였다.

그는 뒷걸음질치기 시작했다. "그리고, 네가 사과해서 기뻐, 알지?" 그가 미소지었다. 드디어 날 보고 미소지었다. 그리고 나는 두 번 생각할 겨를도 없이 그의 팔을 잡고 그를 내 쪽으로 당겼다. 우리의 앞니가 부딪히고 내 입은 너무 말라 있고 그는 내내 웃고 있었지만 그래도 키스는 완벽했다.

그리고 너무 빨리 끝났다.

우리는 떨어졌고 그는 "나중에 보자"라고 말하고 돌아갔다. 사람들이 그가 지나가도록 비켜섰다. 트럭으로 올라가는 사다리는 벌써 없어졌지만, 그는 친구들이 내민 손을 잡고 올라갔다. 곧이어 운전사가 경적을 울리고 큰 엔진 소리와 함께 시동을 걸었다.

크리스토퍼는 내가 그를 볼 수 있는 트럭 끝에 자리를 잡고 내 쪽을 향해 섰다.

첫 번째 트럭이 커다란 경적 소리와 쿵쾅대는 베이스 소리에 맞춰 움직였다. 사람들이 뒤를 따랐고 모두 빠르게 밀려가는 파도처럼 주차장을 가로질러 움직였다.

요나스와 베로니카가 그 파도를 헤치고 내 쪽으로 걸어와 양쪽에서 나를 감싸 안았다.

우정어린 장난기로 나를 꽉 조였다.

"잘 가요. 바이 바이, 내 사랑!" 요나스가 말했다.

크리스토퍼가 손을 들어 흔들었다. 그가 탄 트럭이 제일 마지막으로 빠져나갔다.

나도 손을 흔들었다. 그가 멀어질 때도 그에게서 눈을 뗄 수가 없었다.

미래를 생각할 때면 가슴이 답답했다. 가슴이 짓눌리고 찔린 듯 아팠다. 하지만 지금 당장, 바로 이 순간에는 지금 이대로 다 괜찮은 것처럼 느껴졌다. 그리고 이것이 내가 앞으로 간직해야 할 순간들일지도 몰랐다.

트럭들은 지평선 너머로 사라졌다. 사람들이 자리를 떠나기 시작했다.

"우리 수영하러 갈까?" 베로니카가 물었다. "아니면 시내로 가서 사람들이 분수대 주변에서 춤추는 거 구경할래? 아니면 아이스크림 먹을까?"

"나는 불경스러운 꼬맹이가 그 초록색 고추에서 물을 뿜어내는 분수대에서는 그게 누구든 춤추는 거 보고 싶지 않아." 요나스가 말했다. "난 아이스크림에 한 표."

"아이스크림 당첨!" 베로니카가 그 자리에서 팔짝팔짝 뛰었다. "우린 먹을 자격 있지 않아?"

"당연하지." 나는 하늘로 눈길을 돌리며 말했다. "그럴 자격이 있고말고."